Paradisos invisibles

HERMÍNIA MASANA

Paradisos invisibles

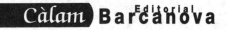

Càlam **Barcanova** Editorial

Disseny de la col·lecció: Laia Salcedo
Fotografia de la coberta: AGE-Fotostock

© 2004, Hermínia Masana
© 2004 d'aquesta edició: Editorial Barcanova, SA
Pl. Lesseps, 33, entresòl. 08023 Barcelona
Telèfon 93 217 20 54. Fax 93 237 34 69
e-mail: barcanova@barcanova.es
www.barcanova.es

Primera edició: setembre de 2004
Dipòsit legal: B-30709-2004
ISBN: 84-489-1602-6

Printed in Spain
Imprès a Romanyà Valls, S.A.
Plaça Verdaguer, 1. 08786 Capellades

A Paco, Francesc i Sergi,
els tres homes de la meva vida.

Agraïments

L'empenta d'aquest llibre la dec a molta gent. Agraeixo a l'Alfred Bosch i a la Sílvia Soler els consells, savis, i al Jordi Llavina i al Pere Vilanova la confiança sense reserves. A Catalunya Ràdio, l'oportunitat d'haver-me permès copsar la realitat d'un país apassionant en enviar-m'hi per motius professionals; i als companys de l'emissora, el suport sincer. No oblido la bona predisposició del Toni Sánchez per obrir-me sense recels les portes d'un món tan pròxim i alhora tan desconegut com el dels psiquiàtrics. Però l'agraïment més profund és per als qui han estat la font d'inspiració d'aquesta novel·la: la meva germana Conxita, per la seva companyia callada i constant; les amigues i els amics, per la seva fidelitat; i la bona gent d'Algèria, que viu en silenci el seu dolor, amb un record molt especial per al Joseph i la seva família, allà on es trobin.

El patiment inspira moltes històries. Tant de bo que acabi inspirant també la necessitat de construir, plegats, un món millor o, almenys, de crear la il·lusió que els paradisos existeixen.

Ell és senyor dels dos orients, d'on surt el sol.
Ell és senyor dels dos occidents, per on es pon.

Alcorà, Sura 55, núm. 17

1

Fa molta calor dins d'aquella casa, però ella tremola. La suor freda que genera la seva pròpia por li regalima esquena avall i li fa pessigolles als costats. Immòbil i xopa, no s'ha fixat que la cortina tronada rere la qual s'amaga li deixa al descobert les sandàlies. Una mà l'agafa d'una revolada i l'arrenca de l'amagatall segur. És impossible que el cor li bategui més fort.

Qui l'ha agafat és un home jove. Duu barba i està armat, però els ulls, quan la miren, no destil·len odi. Només transmeten terror. No sembla cap extremista irracional, sinó algú que intenta defensar-se amb armes dels qui l'ataquen sense raó. Ella es deixa portar amb recel. No coneix l'home, i no sap que és, com tants altres, un veí del poble, fart de ser la víctima fàcil del fanatisme, que ha decidit fer front a la barbàrie amb els mitjans que ha combatut fins ara.

Sense deixar-la anar, l'home l'arrossega amb determinació cap a la casa del costat, potser més arrecerada, més amagada a les destrals dels botxins. La distància que recorren és curta, però el panorama que té al davant se li incrusta al cervell per sempre més. El terra, polsós, està farcit de cadàvers. Degollats. Mutilats. Cossos de dones, de nens, torçats en caure a terra quan intentaven escapar dels sicaris.

Una nena, de quatre o cinc anys, amb un tall a la gola, resta agafada de la mà de la mare, amb una vella nina de drap caiguda al costat. Uns metres més enllà, dos nens jeuen de bocaterrosa. La Laura contempla als seus peus un mar d'obstacles humans. No hi ha lloc on posar la mirada que permeti escapar d'aquest escenari.

L'home que porta la Laura serra les dents, gemega, la deixa amb dues dones grasses i ploroses i se'n va. Totes tres s'agafen i tremolen. El fred de la nit gairebé es mastega. El vent xiula fort entre els carrerons de l'aldea, colpeja indiscret portes i finestres, i s'endú sense escrúpols les restes de les aromes de te i espècies que fins fa poc impregnaven aquell món minúscul del poblat, tan pròxim i alhora tan llunyà. S'endú, fins i tot, l'olor de la sang fresca.

2

La Laura va posar un disc compacte. Pels altaveus, discrets, col·locats als dos extrems del menjador d'estil sobri, de parets color taronja clar, va lliscar, suau, el lament de *Tears and heaven*. El Clapton sempre li provocava un sentiment contradictori, el d'un efecte depressiu i sedant alhora. No volia deixar-se arrossegar per la melangia, però tampoc no va fer gran cosa per evitar-ho. La confortava sentir llàstima d'ella mateixa. Va deixar el got de rom a terra i es va abraçar les cames mentre notava els ulls brillants i el cor sec. Van trucar a la porta. Era la Núria.

—Com estàs?

—Feta una merda.

La Laura es va aixecar per abaixar el volum de l'aparell, va recuperar el got i es va deixar caure al sofà.

—Ja t'ho deia jo, que aquest cabró et faria mal.

—No tinc ganes de parlar-ne.

—Mai no n'has tingut, i mira les conseqüències. T'has vist? Estàs que treus foc pels queixals. Enrabiada i enfonsada. No t'amarguis, ni t'amaguis. Parla. Respira, tia! Per fi te n'has desempallegat! L'altre dia, quan et vaig anar a buscar al bar, m'ho vas dir: et senties molt dolguda i enganyada. I cap relació no es mereix que et sentis així. Has de despertar, menjar-te el món, Laura! El tens aquí a fora, esperant-te. T'has de refer o acabaràs no tocant ni quarts ni hores!

La melodia del Clapton s'infiltrava, impúdica i dolorosa, enmig del silenci trist de la Laura i de la impaciència de la Núria.

—Au, va, anem a prendre l'aire. De vegades penso si no seria millor clavar-te un mastegot en lloc de consolar-te. Potser reaccionaries més de pressa.

L'amiga ferida s'hi va deixar portar. Era còmode fer-ho, de vegades, per no pensar massa, tot i no estar d'acord amb moltes de les reflexions que li acabaven de fer. Davant seu hi havia un precipici i no sabia com enfrontar-s'hi. Els anys l'haurien d'haver fet madurar per dominar millor els sentiments, però el control se li seguia escapant de les mans. L'atracció fatal que exercia l'emoció de llençar-se al buit es barrejava amb una por insuperable a quedar-se sola.

3

La Laura té por de morir. Està enfonsada en un malson on l'amenacen els ganivets i les destrals dels senyors de les tenebres. Ella es creia diferent, i estava convençuda que sabia com foragitar aquests temors. Ara que està a punt de perdre la vida, en canvi, és quan s'adona de com n'és de valuosa, i que comú que és, aquest pànic, obscur i intangible, cap a la mort.

Se senten veus, i crits, i després un silenci angoixant.

És un silenci estrepitós i etern que cap d'aquelles tres dones —ni les del poble, ni l'estrangera— no gosa trencar per por que sobrevinguin més escenes de barbàrie. Per un instant, d'aquells que després ens penedim de recordar, la Laura maleeix la casa, el poble, i el país sencer on s'ha entossudit a anar sense mesurar-ne les conseqüències. Estreny els punys amb impotència.

Passa el temps, i tornen a sentir-se veus. Són murmuris que van prenent cos, forma i proximitat. Les exclamacions d'horror provenen dels veïns de les aldees del costat, que a poc a poc s'acosten al lloc de la tragèdia per corroborar amb els seus propis ulls el terror condensat en uns pocs metres quadrats.

La Laura no és conscient de quan ha començat tot.

Només recorda que estava prenent un te amb menta a casa d'una tieta del Joseph, el seu taxista i guia. Aleshores ha esclatat la bogeria. Un mar de destrals i ganivets, empunyats per l'Horror, han irromput al poble i han trencat el que prometia ser una tarda tranquil·la. El Joseph ha agafat una nena, neboda seva, i ha corregut a amagar-la. Algú altre ha agafat la Laura i l'ha ocultat rere una cortina.

Quan sent la gent que s'acosta, a la Laura li cau el tel blanc que duia a la ment i recorda algunes coses, sobretot algunes persones. I particularment, una. On és la Núria? L'acompanyava quan va començar tot. La va sentir cridar mentre algú l'agafava, no sap qui. On és, ara? On s'ha amagat? I sobretot, sobretot, és viva?

4

La Núria va saber que li agradaven les dones de resultes de l'assetjament dels homes que li van marcar la vida. De petita, el tiet Raül la cuidava quan la mare era fora de viatge per qüestions de feina. Això volia dir que la cuidava sovint, i que l'amanyagava tant, que fins i tot li feia massatges als pits quan ella es queixava de dolor a l'esquena. El tiet Raül era homeòpata, i a més de practicar-li massatges i receptar-li un munt d'infusions que ella trobava vomitives, li explicava que el dolor provenia d'una terminació nerviosa que acabava just a la zona abastada pels pits.

Un dia, el tiet va intentar estendre el massatge més enllà, sota la faldilla. Va ser aleshores quan l'exploració de l'homeòpata curiós es va interrompre abruptament. La Núria ho va explicar tot a la mare, i aquesta, que no tenia pèls a la llengua, va advertir al seu cunyat que si tornava a posar els peus en aquella casa o tornava a tocar la seva filla, no només li trencaria la cara, sinó també altres parts del cos que cap herba miraculosa no podria tornar a apedaçar.

Refugiar-se en l'univers tancat dels hàbits i les sotanes tampoc no va donar gaire bon resultat. El capellà que li donava classe de religió al col·legi públic de monges on la mare la va enviar va justificar les carícies que feia a la Núria dient que eren obra de Déu. Li explicava que el missatge de Crist l'impulsava a acaronar tots els germans i germanes. La Núria encara era molt petita, però tenia una lleu noció del que podia ser pecat i del que no, i allò que feia aquell pretès germà de part de Déu, gairebé no en tenia cap dubte, ho era.

Un migdia, al pati, estava rumiant si dir-ho a la mare, denunciar-ho a la tutora, o, directament, clavar un mastegot a aquell deixeble de Crist desviat i pedòfil. No li va caldre triar cap de les tres opcions. Al matí següent, la directora del col·legi el va enxampar amb la bragueta del pantaló oberta al bosc que envoltava l'edifici, al costat d'unes nenes que jugaven. L'expulsió va ser fulminant, i el repòs, físic i espiritual, de la Núria, també.

Amb el transcurs dels anys, recordaria aquells petits escàndols amb nostàlgia i sense rancúnia. Van ser les seves primeres passes, accidentades, cap a l'adéu a la innocència i el despertar del sexe. Fins força més tard no arribarien els primers entrebancs seriosos, les primeres relacions sense final feliç. La Núria sabia que era bonica i se n'aprofitava per jugar amb els homes, però cap relació l'omplia. Els homes de la seva infantesa l'havien marcat massa, sense ella saber-ho, encara. A poc a poc, es va adonar de com eren de dolces les dones, i de quant li agradaven. I es va començar a enamorar de les seves amigues. La Laura no en va ser una excepció.

5

La mare de la Laura sempre comparava els psiquiàtrics amb unes gàbies molt particulars. Deia que eren com gabials folrats per als ocells que, cansats de volar sense rumb i de no trobar el seu paradís particular, es movien en cercles concèntrics fins a aterrar, esgotats, al bell mig de la diana marcada del seu destí tràgic.

La Laura no va entendre aquella definició fins que va conèixer el Bru. Era el germà petit del Julio i deien que estava boig. Semblava, era cert, un ocell fràgil a la recerca d'un refugi inexistent, d'un lloc arrecerat on descansar de totes les batalles quotidianes que mantenia amb ell mateix.

El Bru era un home atractiu, intel·ligent, agradable i divertit. A primera vista, no s'entenia què feia en aquell lloc. Feia la impressió que era una d'aquelles persones que podria haver materialitzat un munt de projectes si s'ho hagués proposat. En canvi, es trobava allà, i com qui posa un gerro o un quadre, semblava confortat i conformat amb el seu destí. Assistia, impertèrrit, a la seva lenta destrucció, i ningú, començant per ell mateix, no semblava tenir la intenció de fer res per impedir-ho.

Per als interns del manicomi, el Bru era una persona molt especial, algú diferent que ningú no sabia del cert què feia en un psiquiàtric. Els infermers se sentien incòmodes al seu costat. El Bru mai no donava problemes, tenia un comportament d'allò més correcte, el seu tracte era exquisit, i fins i tot de vegades ajudava el personal quan algun malalt s'excitava més del compte i començava a mossegar a tort i a dret. Tenia mà de sant. Els xiuxiuejava paraules a cau d'orella que exercien un efecte sedant sobre els pacients excitats. Els infermers se sentien desorientats perquè no sabien com tractar-lo, i ell es delectava del desconcert que provocava.

El dia que el Bru va desaparèixer, semblava que un núvol carregat de mals presagis hagués entrat al psiquiàtric i s'hagués escampat per tota la sala per on passejaven els malalts, la sala dels passos perduts, en deien amb ironia. Els pacients es van mostrar molt amoïnats, força més que els infermers, que secretament celebraven que ja ningú no els faria ombra en les seves tàctiques de controlar els malalts. El cas és que la seva desaparició no va deixar indiferent a ningú, i menys a la Núria.

6

És abril. Una glopada de calor asfixiant fueteja la cara dels passatgers del vol 3457. Fa calitja a Alger, aquesta tarda de primavera. La brusa, xopa, se'ls adhereix a la pell mentre travessen la pista de l'aeroport a bord d'un autobús atrotinat que té gairebé totes les finestres trencades. Són les úniques estrangeres del vehicle. Fa olor de suat, de ranci, d'essència antiga, indefinida. La sala d'arribades de l'aeroport, tan decrèpita com el seu servei de transport, ret homenatge als herois de la independència. Aquí i allà, despunten fotos, senyeres, referents. Un record als herois absents, admirats, llunyans en el temps i la memòria col·lectiva.

El tràfec de gent que sembla saber exactament cap a on va, i l'idioma, absolutament desconegut, de la gent corrent que les envolta, cohibeixen una mica la Laura i la Núria, que no saben ben bé cap a on encaminar-se. Finalment, una es queda amb l'equipatge i l'altra bescanvia uns quants dinars, almenys per disposar, de moment, de moneda suficient per pagar el taxi fins a l'hotel.

La gent, enfeinada, gairebé ni les mira. Amb un alleujament confús, se senten ignorades i comencen a fixar-se, atabalades, en les cues que es formen a les parades d'autobusos i taxis que van a Alger.

—*Taxi? No oficial. Barato. No mucho.*

Els gestos grandiloqüents de l'home i els seus esforços per fer-se entendre en un castellà elemental queden interromputs quan s'acosta un policia. El taxista sol·lícit s'esfuma i n'acaben agafant un d'oficial.

El camí cap a Alger és una processó de rètols electorals escampats pertot arreu, sense cap ordre aparent i ara, també, sense cap raó de ser. Les eleccions s'han anul·lat ja fa temps, però encara no han rentat la cara a la ciutat ni li han retirat les restes de la ressaca electoral. Els candidats somriuen des de la distància. Intenten convèncer amb el gest sobre uns programes que ja no tindran ocasió de desenvolupar. L'exèrcit ha pres els carrers i no somriu. Les armes són la seva única eina per convèncer. La més contundent. La que no admet rèpliques.

El taxista, un home grassonet i xerraire, i una mica setciències sobre la política interna i externa, les escomet a preguntes sobre els motius de la seva estada a Algèria i l'opinió que els mereix la crisi política que viu el país. Elles no volen mullar-se, i li responen que encara no tenen cap opinió formada, que vénen, precisament, per conèixer, per observar, per entendre. Ell les mira de reüll i somriu. No sembla creure's res del que li diuen, o potser en el fons el que passa és que ni les escolta. Ja té la pròpia opinió formada i sembla convençut que tothom la comparteix. L'exèrcit ha fet el que havia de fer. Mà dura. És el llenguatge que funciona.

A l'agència li van preguntar dues vegades si estava segura de voler anar a Algèria. Li van insistir que el seu deliri per trepitjar la sorra del desert el podia satisfer de mil maneres diferents i estalviar-se el país més complicat, perquè el Magrib, de desert, en tenia un bon tros. Però a la Laura no calia que li donessin lliçons de geografia. Ho tenia molt clar. Volia anar al país més complicat, ves per on. Va somriure als de l'agència com dient-los «no us amoïneu, si tinc problemes a vosaltres no us atabalaran, d'aquestes coses se n'encarreguen les ambaixades...».

Algèria sempre l'havia atret, des que el cuquet de la curiositat viatgera la va picar per primera vegada. La resta de la zona ja la coneixia, però li quedava pendent el país que, a més, era el lloc on havia nascut el besavi. El pare del seu besavi s'havia casat amb una berber, i el seu besavi ho havia fet amb una algeriana d'origen francès. La Laura sentia aquelles arrels perdudes com un reclam propi. Havia de conèixer el país, la seva gent i els seus mons diferents. Seria una manera de retrobar-se amb el besavi que mai no va conèixer i amb les arrels pendents del seu arbre genealògic.

—Per fi vols exorcitzar els teus fantasmes familiars —era una Núria eufòrica qui li parlava així, ja traslladada mentalment a Algèria—. Doncs endavant, anem a conèixer la terra dels teus avantpassats. Ja saps que viatjar sempre m'estimula, i més si és amb tu...

L'inconvenient dels visats, un tràmit embullat i molt lent en aquelles dates una mica complicades per la situació política que es vivia a Algèria, el va resoldre a còpia de contactes amb coneguts dels consolats a Barcelona d'aquell país i de Tunísia. Al cap de poc temps, ho va tenir tot solucionat: podia fer l'escapada! Combinaria una ruta pel desert amb l'anhel de copsar el batec d'un país en dificultats.

La Núria s'hi va apuntar amb els ulls clucs. Hauria anat a la fi del món per la seva amiga, però, a més, quan arribava l'hora de jugar amb l'aventura i el risc, ella i la Laura eren dues ànimes bessones.

Al primer foscant, el taxi arriba a dalt de tot del turó on hi ha l'hotel, un quatre estrelles sense gaires pretensions. A dins, tenen la impressió de trobar-se en una altra Algèria, més occidentalitzada, més pendent del rellotge i del telèfon. Els algerians de dins de l'hotel, pocs, també són diferents. Els envolta l'aura que ells creuen moderna de vint o trenta anys enrere.

El primer que fan la Laura i la Núria quan entren a l'habitació és sortir a la terrassa i contemplar els reflexos de la badia d'Alger. Les llums dels fanals, ja encesos, pugnen, sense aconseguir-ho encara, per destacar més que els últims rajos del sol, que van deixant en la seva caiguda un regueró vermellós al cel. La temperatura s'ha suavitzat. Ara s'està bé. El mar, en repòs obligat en aquell racó tancat del port, sembla escoltar, amb recolliment i respecte, els crits dels muetzins convocant els fidels a l'oració des de les desenes de mesquites que despunten a la ciutat. Tot és tan diferent i, no obstant això, tan pròxim. La Laura té l'estranya sensació de trobar-se novament a casa.

7

Potser la Laura no hauria anat mai a Algèria si no hagués tallat amb el Julio, si no hagués passat tot el que va passar. Però necessitava exorcitzar aquell dolor clavat al cor i a l'ànima, i li va semblar que una bona manera de fer-ho era anar a aquell lloc que l'atreia des de feia temps i on —potser era egoista pensar-ho així— el seu sofriment seria insignificant al costat del de tot un poble enfonsat en una espiral de violència irracional sense fi.

El Julio no hi hauria anat mai, a Algèria. El seu ex sentia una autèntica fòbia per un país que considerava una bomba de rellotgeria en potència. De fet, sentia aversió per tota aquella regió convulsa que ell definia com sacsejada per la mateixa febre, l'obsessió de la seva gent per fugir de la misèria o la repressió i per fer el salt a una vida millor. La Laura sempre li recordava que s'oblidava d'afegir que aquella obsessió era plenament legítima, i que, sovint, l'esperança s'estroncava de sobte per la precarietat dels mitjans emprats i l'avarícia dels qui s'aprofitaven de la desgràcia aliena.

El Julio tenia, de fet, moltes fòbies, però la Laura se'n va enamorar de ple, amb els ulls clucs i sense xarxa de seguretat a sota. No ho va fer al primer cop d'ull, perquè la impressió inicial en conèixer-lo la va dur al convenciment que s'acabava de topar amb un imbècil.

Era una tarda de juny, xafogosa i carregada, d'aquelles que només ve de grat mandrejar i dedicar-se a la inactivitat més absoluta. Ella tenia encara un munt de feina pendent abans de permetre's el luxe d'optar per aquella via alternativa força més atractiva. Havia de tancar la revista, encarregar dos reportatges per a la setmana següent i anar a Correus abans no pleguessin per enviar dues cartes certificades.

Ell va entrar al despatx com un tornado. Estava suat, cabrejat i magnífic. Buscava el senyor Walker, i era urgent. Les seves paraules foren tan breus com la seva paciència.

—I qui el demana, si us plau?

—Nebot, de Gilbo's Publicitat.

—De què es tracta?

—Li ho explicaré personalment al senyor Walker, si no li sap greu...

Ell estava que s'enfilava per les parets. Ella, observant-lo de cua d'ull, va allargar encara una mica més el suspens, divertida amb la situació tot i la pressa que tenia. Era fantàstic veure cabrejat aquell paio. Per què aquella tossuderia per parlar amb el senyor Walker?

—Ho tindrà difícil, per parlar amb l'home que busca, avui i em temo que demà...

—I doncs, on és?

—Si li és igual parlar amb mi...

—No hi ha ningú més que pugui resoldre l'embolic en què m'ha ficat...

—Miri —la Laura va considerar que havia tibat prou el fil i ja s'havia divertit una estona—, aquí no n'hi ha cap, de senyor Walker. L'única Walker que hi ha sóc jo i, em sap greu, però tinc la regla, porto sostenidors i em depilo cada tres setmanes. La meva targeta —li va allargar una de les petites cartolines que tenia damunt la taula—, el meu despatx —va abastar amb el braç estès els metres quadrats de l'habitació— i el meu temps —cop d'ull incisiu al rellotge, seguit d'un somriure irònic-angelical—. Espero que no em trobi grollera. En què el puc servir?

Ell va fer veure que no s'immutava gens ni mica, però la Laura va advertir com premia les mandíbules, un vici que tenia sovint quan alguna cosa el pertorbava i intentava que ningú no ho advertís. Era un exemplar d'home esplèndid, però, intuïa, devia ser un malson conviure-hi. I què, va pensar. A ella li agradaven els reptes.

L'embolic el van resoldre cara a cara davant d'una copa de vi i un plat d'ànec exquisit, una debilitat gastronòmica comuna. L'ànec, deliciós, i el vi, pertorbador, van ser la química perfecta per aconseguir que dos pols oposats es consideressin, aquella nit, un únic cos i una única ànima.

Després del sopar, a casa d'ell, quan s'estaven despullant amb la precipitació dels qui escuren cada glop de vida com si fos l'últim alè, es preguntaven què havien estat fent lluny l'un de l'altre durant tants anys, com era possible que no s'haguessin trobat abans, com havien pogut viure sense ni tan sols sospitar que l'altre existia i que només estava a uns pocs carrers de distància.

Aquella nit, la Laura i el Julio van pensar el mateix: quants mons paral·lels i quantes poques cruïlles per coincidir i encreuar-se. I que autoritari, l'esclavatge del temps: que ràpid passaven les busques del rellotge quan es té al costat algú que val la pena! És en aquests moments, reflexionaven ells, quan més s'adverteix com els segons, els minuts, s'escolen de les mans com si fossin les partícules minúscules d'un gegantí castell de sorra inabastable. Sempre l'ànsia impossible de posseir el temps per modelar-lo, alentir-lo i, si fos possible, aturar-lo.

8

El primer diumenge de cada mes senar, la Laura i la Núria convidaven el Bru a dinar. La mare de la Laura no va entendre mai aquelles trobades, i menys la relació tan estreta i afectuosa que la filla i la seva millor amiga mantenien amb aquell boig. «Què hi heu de fer, vosaltres, al costat d'aquest xicot tocat de l'ala? Que dius que no està tan boig com sembla? Doncs ja em diràs què hi fa, si no, en un manicomi, en lloc de viure en un àtic amb vistes al mar... No dius que codirigia l'empresa amb el seu germà i que té un descapotable antic imponent que no condueix aparcat al garatge de la casa dels pares? Un dia tindrem un disgust, ja ho veuràs. Us passarà alguna cosa. La culpa de tot la té la Núria, aquella esbojarrada. Segur que és ella la que et convenç que facis costat a aquest Bru. De vegades penso que és a ella a qui li convindria passar una temporadeta pel psiquiàtric, perquè ben bé sembla que li falti un bull...»

La mare, que tenia l'incòmode costum d'opinar sobre tot allò que envoltava el món de la seva filla, sospirava i donava la conversa per acabada, escoltant com qui sent ploure cadascun dels arguments de la Laura. La Núria sempre tenia la culpa de tots els mals terrenals i celestials, segons la mare. Només es va deslliurar de tota responsabilitat en la ruptura amb el Julio, potser perquè la mare sabia que la Núria sempre havia criticat una relació que a ella, en el fons, tampoc mai no l'havia acabat de convèncer.

El Julio va assistir al primer dinar a la força. Era evident que se sentia incòmode al costat del germà, i a les cites que van seguir sempre tenia una excusa a punt, fins que elles el van deixar de convidar. D'aquesta manera, els uns estaven menys tibants i l'altre ja no s'havia de preocupar de declinar la invitació o d'anar-hi per pura obligació del vincle familiar.

La veritat és que cap d'elles no es va preguntar mai per què se l'estimaven tant, el Bru. L'apreciaven de debò i el sentien com un membre més de la seva petita colla. I quan el Julio —les poques vegades que ho feia— en parlava en presència de totes dues, li oposaven un silenci tan ple de retrets per l'abandonament a què sotmetia el seu germà, que no tenia altre remei que canviar de conversa. Era com si li diguessin: «És clar que no t'ho passes bé en la seva companyia, de manera que estalvia't la hipocresia de referir-t'hi com si et vingués de gust fer-ho, i deixa que nosaltres en gaudim. El teu germà ens agrada».

El Bru tenia un humor molt especial. El seu to burlaner les deixava bocabadades i les divertia d'allò més. El dinar es convertia en una concatenació de rialles, i brindaven, sempre, per encomanar aquella alegria als éssers més tristos i seriosos del món.

Però el Bru tenia també moments difícils. Eren aquells quan, de sobte, quedava com estabornit, trasbalsat per alguna idea que li acabava de passar pel cap. Aleshores, començava a parlar sense sentit dels seus fantasmes, d'aquelles ombres que planaven rere el seu paradís particular, rere el seu món de prínceps valents i heroïnes de pel·lícula, de dracs ferotges i cavallers indòmits. Parlava de gent que només li volia mal, de gent que l'odiava; o d'avantpassats que, des de la tomba, vigilaven cadascun dels seus moviments. En aquells instants, el Bru perdia tot contacte amb la realitat, i es convertia en una ànima en pena que gemegava i amagava la cara entre les mans, o es quedava mut, jugant amb les engrunes de pa damunt la taula, sense esma de fer res més.

Eren moments en què la Laura i la Núria se sentien molt perdudes. No sabien com reaccionar a una desorientació en tota regla d'un home tan orientat la resta del temps. Però, com en un malson, ell sacsejava el cap i espantava els fantasmes, i tot tornava a ser com abans.

—El Julio també hi està envoltat, de fantasmes —reia, sorneguer—. La diferència amb els meus és que els seus vesteixen polos de marca i veuen vi de criança o xampany francès, com qui no vol la cosa. Què, brindem pels fantasmes?

—Brindem! —la Laura sempre era la primera que feia costat al Bru en les seves ironies.

La Núria feia estona que se'l mirava de reüll; alguna cosa li passava, al Bru, aquell dia.

—Estàs bé?

La va mirar amb els seus ulls nítids, transparents, gairebé translúcids.

—No, no estic bé. De fet, estic fatal.

—Et podem ajudar?

—És difícil. No puc més, les veus m'assetgen i se m'incrusten al cervell. Vull fugir i amagar-me... Em podeu treure del psiquiàtric? Vull dir per sempre.

Elles es van mirar sense saber què respondre per no ferir la sensibilitat de l'amic presoner de les seves pors. No hi podien fer res. Eren la seva família adoptiva, per dir-ho d'alguna manera, no la família autèntica, la que li podia resoldre els problemes reals. Va fer una nova sacsejada de cap, un nou somriure, ara trist, gens sorneguer.

—Ja ho sé, ja ho sé... Quines ximpleries de dir. El cava ja se'm deu haver pujat al cap. M'està agafant molta nyonya. Us fa res...?

El gest d'aixecar-se va ser prou eloqüent. El van dur de tornada a l'hospital sense gairebé parlar. Va ser un silenci estrany, perquè el més habitual per als tres, quan estaven junts, era xerrar pels colzes. El joc pregunta-resposta de la sobretaula havia trencat la màgia. Al Bru se'l notava dolgut. Era com si estigués ofès perquè el duien cap al psiquiàtric i no havien sabut oferir-li la solució per enfrontar-se als enemics invisibles.

—Ens trucarem?

Quan la Núria va aturar el cotxe, el Bru gairebé ni les va mirar. La pregunta de la Laura no va obtenir tampoc cap resposta.

La sensació d'opressió es va accentuar quan va sentir com l'infermer tancava les portes rere seu. Tots els sentiments negatius s'anaven multiplicant mentre s'endinsava passadís avall cap a la seva habitació.

La tarda, calorosa, deixava el cos aixafat i la ment esgotada. Ni tan sols els pardals que havien fet casa seva del jardí que envoltava l'edifici tenien esma de cantar o animar, amb els seus xiulets, aquella tarda terriblement canicular, tan diferent de les vesprades plàcides de primavera que l'havien precedit.

A dins del manicomi, es respirava una tranquil·litat agraïda i no gaire habitual. Tots els psicòtics semblaven haver-se posat d'acord per tenir el seu moment de calma a la vegada. Era, però, un silenci pesat, carregat, tens, com el silenci que precedeix la tempesta. En qualsevol moment podia saltar la guspira i esclatar el xivarri. I ell seria allà al mig quan voldria ser a anys llum d'aquella residència, d'aquells malalts i d'aquell ambient, perquè ell —s'ho repetia constantment— no estava malalt, només era un objecte molest que la família havia aparcat al manicomi. Perquè era, al cap i a la fi, això, un manicomi, i no calia embolcallar la realitat amb paper de cel·lofana de colors i fer-ho bonic i dir-li centre de salut, o residència de malalties mentals, o tants altres eufemismes per amagar el que tothom considerava en realitat que era allò: un hospital per a bojos i punt.

El cansament infinit li feia arrossegar els peus i acotar el cap. Quan va entrar a l'habitació, va veure les dues pastilletes en un platet minúscul d'aquells de cafè, amb un got d'aigua al costat. Una infermera va entrar rere seu, i va esperar allà sense dir res. Eren gestos mecànics, repetits dia a dia, durant setmanes, mesos. Ell es va posar les dues pastilles a la boca i va veure un glop d'aigua. Ella va somriure lleument i va marxar. Quan es va quedar sol, es va treure les dues pastilles de sota la llengua i les va llençar al vàter. Era com un joc de nens. Potser ella, la infermera, sabia o sospitava què passava finalment amb les pastilles, però en qualsevol cas, tampoc no deia res i feia veure que es creia que el malalt model feia bondat i actuava amb tota la correcció que exigien les normes.

El Bru va tornar a beure un glop d'aigua, i mentre ho feia, els ulls van topar amb les fotos que tenia al damunt de la tauleta de nit: una d'ell i el seu germà, agafats per les espatlles, bronzejats i somrients, a bord d'un vaixell ancorat enmig d'algun punt del Mediterrani. L'altra foto emmarcada era una de la Núria i la Laura abraçades a un Bru exultant, a la taula del restaurant on acostumaven a reunir-se.

En un rampell, el Bru va llençar a terra el marc amb la foto d'ell i del Julio i la va trepitjar. Va recollir els trossos de plàstic esquinçats i se'ls va posar al palmell de la mà, mirant-los amb aire absent. Els va deixar damunt la tauleta, amb molta cura, juntament amb el marc. La foto la va estripar per la meitat i va esmicolar amb parsimònia el tros on apareixia el Julio, i va amuntegar els bocins minúsculs al costat del marc. Després, va baixar la persiana fins que el sol va començar a entrar esbiaixat a la seva habitació, i es va estirar al llit després de treure's l'americana. Només aleshores va afluixar la seva resistència i va començar a plorar en silenci.

9

La Laura i el Julio se'n van anar a viure junts just un mes
després d'haver-se conegut. Era, sobretot, una qüestió pràc-
tica, perquè el noranta per cent dels dies previs a la decisió
havien dormit junts. Buscaven la comoditat de compartir el
mateix espai i tenir totes les coses a l'abast: la muda de l'en-
demà, la crema hidratant, el perfum habitual, o les sabates
còmodes perquè l'una o l'altre havien de passar-se el dia
amunt i avall i no pararien al despatx gairebé en tot el dia.
Era, també, una qüestió per simplificar la vida. No es podien
estar cada matí fent corredisses cap a la casa de l'un o de l'al-
tra, pendents d'aquell correu que no acabava d'arribar mai, o
d'aquella rentadora que s'havia quedat a mig fer. Tampoc
no podien estar permanentment recollint el poc que hi ha-
gués a la nevera en un taper i traslladant-ho a l'altra casa per
evitar que es fes malbé.

De fet, però, tot eren minúcies al costat de la voluntat
ferma de tirar endavant la relació. Els feia por renunciar a
una parcel·la de privacitat que tots dos valoraven molt, però
pesaven més altres consideracions, les afectives.

Van triar el pis de la Laura a l'Eixample. Era més petit,
però, avantatge indiscutible, era seu. En canvi, l'àtic del Julio,
a la part alta de la ciutat, tot i ser molt més gran —era un

d'aquells pisos antics, senyorials, de sostres alts i cambres àmplies, en un immoble amb entrada discreta per al servei— era de lloguer i no precisament barat. De manera que el Julio es va desprendre d'alguns objectes massa voluminosos per adaptar-los al nou habitatge, mobles, bàsicament, i es va traslladar a casa de la Laura amb la il·lusió de l'estrena i el recel de la intimitat perduda.

El primer any va anar com oli en un llum. La Laura estava exultant, i fins i tot la Núria, tan refractària als embolics de l'amiga, l'amiga que estimava i adorava en secret, ho va haver de reconèixer.

—Estàs esplèndida —li va deixar anar a contracor en un dels pocs sopars que feien a soles entre setmana—. Potser resultarà que al final el teu manso no serà tan cabró com em pensava...

—Sóc feliç, beneita, que no ho veus?

Era veritat. La passió no havia minvat gens ni mica, i era el motor que els donava prou energia per estar junts, per a la feina, per aprofitar cada instant al màxim, per viure, en definitiva.

La Laura recordava perfectament el dia que va conèixer els pares del Julio. El pare, ja jubilat, afable i eixerit, i amb moltes ganes d'aprofitar la vida als seixanta-set anys, havia fet fortuna en el negoci immobiliari, en una de les èpoques de més efervescència del mercat. La gent comprava i venia pisos sense interrupció a la ciutat, lluny dels anys en què molts marxarien fora perquè els preus per metre quadrat a la capital s'havien convertit en xifres prohibitives.

El pare, el Martí, va rebre la Laura amb simpatia. Era un home encantador i a la Laura li va caure d'allò més bé des del primer moment. No va passar el mateix amb la dona del Martí i madrastra del Julio, la Verònica. Li sonava tant a conte de fades, allò de madrastra! De fet, però, s'hi assemblava molt, a la madrastra dolenta dels contes, l'únic que faltava per completar el panorama era el bosc encantat i la poma enverinada. La Verònica era una dona estirada i seca, que procurava suavitzar l'expressió i el rictus d'antipatia natural sota una actitud dolça d'allò més falsa.

Aquell migdia que, convidats a dinar, van arribar a casa els pares, la Laura els va veure a tots dos esperant-los a la llinda de la porta. Ell, gros, calb i amb un puro dels bons a la mà, estenia somrient el braç per rebre-la i fer-li un petó, abans de deixar-li anar un sincer «Benvinguda!». Ella, la Verònica, la mirava de braços plegats, amb un somriure tens, forçat, observant com s'abraçava amb el pare del Julio i dubtant sobre quina actitud adoptar. Finalment, va estendre les dues mans per agafar les de la Laura i fer-li dos petons a la galta. Els petons van ser freds, i els gestos, grandiloqüents. «Endavant, estimada, ets a casa teva», deien aquells llavis sense ànima, quan en realitat la seva ment pensava tot el contrari: qui devia ser aquella intrusa que havia trasbalsat tant el seu fillastre i que havia aixecat la curiositat i simpatia del pare.

El pis dels Nebot era sumptuós sense ser, però, recarregat. Tot estava cuidat al detall, com ho demostrava la taula, exquisidament parada, obra d'una Verònica que tenia molta traça per a aquestes tasques i que, a més, considerava essencial l'aparença. Tot havia de ser perfecte i estar al seu lloc en el moment adequat. El pare, tot i agradar-li el luxe, era molt descuidat, i delegava en els altres tots els detalls de la decoració. No calia dir que la Verònica estava encantada de prendre les regnes domèstiques en aquell aspecte.

Els mobles del menjador, de roure fosc, estaven estratègicament col·locats, a fi que, tot i que n'hi havia molts, la sala no es veiés atapeïda. De tota manera, la Laura se sentia incòmoda i tenia una sensació d'ofec. Ella i el Julio preferien els espais amples i els mobles funcionals reduïts a la mínima expressió. I això que el Julio s'havia criat entre fragàncies de fusta noble i naftalina, com no deixava de recordar-li sorneguerament la Laura. Ell no havia nascut en aquella casa —perquè el pare estava divorciat i es va canviar de pis després de deixar la dona—, però sí que ho va fer en el mateix ambient selecte. No obstant això, quan es va independitzar va buscar immediatament l'espai obert i la llum, defugint tota decoració carregada.

En un racó de la sala d'estar hi havia una vitrina alta i estreta, amb un munt d'objectes —obsequis i records d'alguns viatges— i, al costat, un secreter centenari amb unes quantes fotos emmarcades al damunt. N'hi havia del Martí i la Verònica, del Martí i el Julio, però, que curiós, ni rastre de fotos del Bru. El Julio li havia parlat d'un germà, sempre absent, sense donar-li detalls, però allí no hi havia cap retrat seu. A les postres va abordar el tema.

—Llàstima que no hagi vingut el Bru. Tenia ganes de coneixe'l...

Hi va haver un silenci dens darrere de les seves paraules, un silenci que gairebé es podia tallar amb ganivet. A taula, tots es van quedar glaçats. El Martí va llançar un cop d'ull ràpid i dissimulat al seu fill, i després va fer una xuclada intensa al cigar que ja havia encès. «Són les meves postres», va justificar quan el va encendre, després de demanar permís. La seva mirada cap al Julio semblava voler-li dir «ja t'ho faràs». La Verònica jugava amb les engrunes de pa fent boletes simètriques que alineava al costat del plat. No va aixecar la mirada cap a ningú, però somreia en silenci. La Laura no se'n va poder estar.

—Perdoneu, que he dit alguna inconveniència?

—No —el Julio va dubtar un instant— no et preocupis. És que amb el canvi de pis el meu pare s'ha fet un embolic i moltes de les fotos encara són a casa la mare...

No van parlar més del tema fins que van ser a casa.

—Què passa amb el Bru, Julio? Suposo que ara m'ho pots explicar...

Ell se la va endur cap al sofà i li va agafar les dues mans, mentre la mirava fixament, d'aquella manera que a ella li agradava tant. Ara, però, aquella mirada l'amoïnava.

—El Bru està ingressat en un psiquiàtric. Des de fa tres anys.

Perplexitat. Estupor. Incredulitat. Feia més d'un any que ja convivia amb ell, i l'havia mantinguda absolutament al marge d'allò.

—I per què m'ho has amagat fins ara? Estic vivint amb tu, recordes? I les coses que a tu t'importen, a mi també m'importen.

—És que no sabia com dir-t'ho.

Com podia ser, allò? S'ho explicaven tot, sempre!

—No passa res perquè tinguis un germà ingressat en un psiquiàtric, Julio! Només et demano el dret a saber-ho, res més. No em puc creure que tinguessis por de la meva reacció... I per què està en un psiquiàtric?

—Mira, no està bé. Fa molt de temps que té problemes, i cada cop ha anat a més. Al final l'hem hagut de tancar.

Era aquell, el Julio que coneixia la Laura? No se'n sabia avenir. Ell s'apassionava amb tot; sobretot amb allò que estimava. I era el seu germà! En canvi, semblava referir-s'hi com si fos un ésser molest a qui haguessin apartat a un racó perquè els feia nosa. «L'hem hagut de tancar.» Ho havia dit fluixet, xiuxiuejant, com si demanés disculpes. Va ser aleshores quan la Laura es va proposar conèixer-lo.

1 0

És migdia. El sol acarona els terrats blancs que, amuntegats a dalt de tot del turonet, formen un curiós trencaclosques esquitxat de roba estesa i envoltat d'una atapeïda mescla d'aromes. L'hora convida a quedar-se endormiscat, gronxat per la cridòria invisible dels nens que juguen als racons més inversemblants, o que corren pels carrerons minúsculs que formen aquest petit món que és la casbah d'Alger. El sol abrasa, i fora les cases no hi ha ningú, tret dels nens i d'algun avi ajagut a l'ombra del seu portal o del tendal de la seva humil botiga. El muetzí ha emmudit fa una estona, i només els vailets, i algun riure aïllat, trenquen l'espès silenci que envolta el barri.

La Laura i la Núria semblen dues adolescents amb vestits i sabates noves. Estan nervioses i en el mateix percentatge il·lusionades davant la perspectiva de conèixer la família del Joseph. La mare, la Naida, les ha convidat a dinar. No les coneix, però el fill li ha explicat que les seves clientes són dues estrangeres molt trempades i que semblen bona gent. L'esperit acollidor àrab fa la resta. No hi ha res a discutir, i la tímida oposició inicial —de cortesia, perquè en realitat se'n moren de ganes— queda immediatament desbaratada. Les dues amigues consulten a la noia que hi ha a la recepció de l'hotel quin obsequi pot ser el més adequat per dur en una ocasió com aquesta. Un ram de flors, els aconsella, serà un detall correcte.

L'endemà, totes dues i el ram, discret, estan a punt perquè el Joseph les reculli. Porten faldilles per sota el genoll, camises de màniga curta i un mocador al coll; ni massa serioses, ni massa extremades, tal com pensen que poden agradar al seu guia. El Joseph fa un somriure d'aprovació quan les veu.

Quan baixen del taxi del Joseph i s'endinsen caminant al cor de la casbah, l'olfacte se'ls impregna d'aroma de cuscús, de carn amb salsa, de pa acabat de coure's al forn. És l'hora del dinar, i les cuineres es mouen atrafegades per preparar els àpats del nombrós clan familiar. Hi ha soroll de plats, de gots, alguns crits impacients avisant que el menjar ja és a taula, i el murmuri dels qui ja mengen mentre comenten les novetats del dia. L'hora del dinar és una autèntica cita social. Xerren, discuteixen, riuen i es barallen entre plat i plat.

Mentre pugen els esglaons de la casa, es creuen amb dos veïns que baixen precipitadament i es perden pels carrerons del voltant amb el pas apressat i la mirada alerta. Elles no s'han fixat en les paraules, a cau d'orella, que s'han intercanviat els dos homes i el Joseph; aquest, seriós i enfadat; els altres, nerviosos. Hi ha molt rebombori. Una patrulla de soldats està efectuant una batuda per la zona.

Els obre la porta una dona jove que somriu amb timidesa. La Núria, que ja no sap què fer amb el ram entre les mans, li dóna les flors, però després veu que s'ha precipitat. La jove és l'esposa del Joseph, la Salima. La mare és al menjador, un gran saló senzill, esperant-les. Les abraça i els fa quatre petons a la galta. La taula, parada amb unes estovalles de grans quadres verds i blancs, és plena de delicioses especialitats algerianes, des de dàtils amb salsa fins a una multitud d'amanides, peix fregit i una exquisida varietat de plats dolços i salats. La Naida les convida, apressada i en francès, a seure i a menjar, i es queda dempeus, somrient empegueïda i fregant-se les mans, nerviosa. El Joseph somriu, l'agafa per les espatlles i l'obliga a seure, però ella s'aixeca per anar a buscar aigua i llimonada a la cuina, i durant tot el dinar s'aixecarà i seurà almenys mitja dotzena de vegades més.

La dona s'eixuga amb un mocador de coloraines la suor de la cara i del coll. Sovint fa un gest com disculpant-se per suar tant. Vol crear bona impressió i tem que aquest detall amoïni les convidades. Elles li reiteren que no es preocupi, que és normal, fa molta calor.

Els demana que li expliquin coses del seu país i de la seva feina. Té ganes d'escoltar, i ho fa amb atenció. La dona del Joseph, preciosa i discreta, no parla gaire, només somriu i observa. Els nens, dos, són a l'escola. El pare d'ell va morir fa molt de temps, durant la guerra de la independència. No, la situació no està gaire bé, a Alger. Hi ha molta tensió, sí, diu la mare. L'exèrcit vigila, però passen coses. Coses terribles. Ells han perdut dues cosines i un nebot fa poc temps, en una de les matances que hi va haver en un poble de la regió de Medea. Que com poden viure amb la por al cos i d'aquella manera? El Joseph arronsa les espatlles. I què s'hi pot fer, si l'única eina que té són dues mans per treballar i l'únic poder per lluitar contra la por, l'amor als fills i a aquell país que es dessagna a poc a poc en una lluita sense sentit? La

Laura i la Núria senten la impotència d'aquella gent com si fos seva.

És de les poques vegades que la dona del Joseph, la reservada Salima, intervé. Els explica que no poden transmetre als seus fills ni una espurna de desesperança en el futur. Han de superar la por, aprendre a conviure-hi, com si es tractés d'una vella amiga, i fins i tot aprendre a ignorar-la. En Joseph mira la Laura i la Núria amb els seus ulls profunds i atractius, i corrobora les paraules de la seva dona. No es poden desmoralitzar perquè, si ho fan, ja no hi haurà esperança, i això seria la fi de tot.

Poden anar a visitar els oncles del Joseph a Medea? Impossible, és massa perillós. La Núria no diu res, però la Laura insisteix. No servirà de gaire, però voldrien saludar aquesta família i fer-li costat en la seva tragèdia quotidiana. Finalment, a contracor, el Joseph els diu que bé, que potser, que ho estudiarà, que en parlaran.

La Laura mira la seva amiga i somriu. La Núria, que l'observa, no sembla tan implicada en aquella mena de negociació, però també se n'alegra, sobretot perquè sap que a la Laura li fa molta il·lusió aquella excursió. Tret dels llocs puntuals on ja han estat o tenen previst desplaçar-se, la resta del viatge l'accepten amb el punt d'improvisació amb què sempre els ha agradat tant embolicar-se. A Algèria, però, improvisar pot esdevenir un exercici perillós. Elles ho saben, però també són conscients de la seva inconsciència voluntària, del fet que aquesta aventura l'han iniciat amb un punt de risc que no permet fer marxa enrere. I la relació particular establerta amb el seu taxista i guia les fa, sense que se n'adonin, esdevenir vulnerables i baixar la guàrdia davant les improvisacions que, en determinats llocs, acaben en un carreró sense sortida.

El viatge de tornada a l'hotel el fan molt callades. Potser pensen el mateix sense confessar-s'ho: que petites es veuen, de vegades, les pròpies misèries. És un sentiment egoista aquell alleugeriment del cor davant la constatació del que són autèntics drames? Per a la Laura, per exemple, la ruptura amb el Julio pren aquí tota la seva dimensió real, i té la sensació que es converteix en un drama minúscul al costat de tragèdies incommensurables. Allà, en aquell pou sense fons, pateixen de veritat. I a casa, en canvi, les misèries quotidianes tenen fàcil solució però estan viciades de victimisme.

1 1

L'aigua fresca de la dutxa la revifava a poc a poc d'aquella letargia provocada per la llarga becaina del dissabte a la tarda. Bob Marley cantava per enèsima vegada al compacte del lavabo *No Woman No Cry*, i cada cop li costava més esforç tancar l'aixeta i defugir el massatge de les gotes minúscules que li lliscaven esquena avall. Sentia ganes de riure i de cridar al món sencer que era feliç. Al costat, ell s'estava afaitant. Tenia encara els cabells esvalotats i la suor enganxada a la pell, fruit dels giravolts al llit i el cos a cos que els havia deixat meravellosament baldats.

Hi ha maneres delicioses de perdre el temps els dissabtes a la tarda. A la Laura i al Julio els encantava amb bogeria dormir, i estimar-se, i recuperar la coneixença de cada racó del cos, sense haver d'estar pendents del rellotge ni aixafats per la son que arrossegaven al damunt. Els dissabtes, després de dinar, vegetaven, sense remordiments per no fer res més que no fos complaure el cos i l'ànima.

Després, els agradava sortir a sopar. Aquell vespre s'estaven arreglant perquè havien quedat amb el Marc, un company de feina del Julio, la seva dona, la Núria i la Susanna. La Laura li havia insistit molt, a la Núria, perquè portés la Susanna, la seva parella en aquell moment. La Núria sabia que, com feia ella mateixa amb els amics de la Laura, també aquesta examinava amb lupa cadascuna de les seves relacions. Estava convençuda que la Susanna estaria en el punt de mira, i no li feia gaire gràcia.

—No et passis, que és molt tímida —li havia advertit una hora abans per telèfon.

—I ara! —la Laura sempre li replicava amb ironia aquests comentaris—, només la sotmetré al tercer grau a partir de les postres... —va riure i li va fer un petó al Julio, que estava d'allò més sol·lícit, fent-li moixaines al costat de l'aparell.

Li agradava sortir a sopar amb el Julio. L'afalagava la manera com, en aquelles estones compartides amb els amics, ell li mostrava sense embuts tot l'amor que, a petites dosis, li entregava també a casa. «No cal que sigui tan enganxós», li deia la Núria, «ja sabem que t'estima amb bogeria.» A la Laura li brillaven els ulls, i es deixava acaronar i mimar en públic sense complexos.

El restaurant on havien quedat aquella nit tenia un aire prou esnob per resultar bufó sense excessos. Era una *trattoria* petita i discreta, situada en un carreró del casc antic.

—Hola, Jaume, què tal un Rioja que estigui bé i uns encenalls de parmesà per anar fent boca? —el Julio va aixecar les celles observant a tothom, com donant per fet el consens en el moment de fer-li la comanda al cambrer.

—Jo voldré una cervesa, gràcies.

La Núria ho va dir amb aire indolent i sense mirar a ningú. De fet, li encantava el vi negre, però la dominava més el gust infantil de dur-li la contrària al company imposat de la seva amiga.

—I una cervesa per a la senyoreta..., o hem de dir senyora? Avui va acompanyada. Potser l'estat civil del DNI ha canviat i no ho sabíem...

El to burlaner del Julio va encendre la ràbia de la Núria. Sabia que el Julio menyspreava el seu lesbianisme, i que aprofitava la mínima ocasió per fer-li retrets, de vegades subtils, d'altres no tant. A la Núria li molestava profundament aquella suficiència amb què sovint actuava el company de la Laura, encara que ho fes, en ocasions, de manera inconscient. A més, aquella manera de burxar-la era també una forma de fer entrar en el joc la discreta Susanna, que bevia en silenci la seva copa de vi sense apartar els ulls de la Núria. El Julio, però, era així d'insidiós amb qui no congeniava. Encantador amb qui estimava, correcte amb qui apreciava, i terriblement incendiari amb qui no suportava. Amb la Núria, els seus sentiments es movien, obertament, entre l'actitud correcta i la incendiària. I com un nen entremaliat, quan detectava la ràbia continguda de la Núria, es divertia potenciant-la i embolicant encara més aquella particular atmosfera bel·licosa.

—Així, Susanna, també treballes a l'agència de fotos, com la Núria? —la Laura sempre intentava desactivar la tensió entre ells dos. Poques vegades ho aconseguia.

—Sí, però jo no tinc tan ficat a les venes com ella això de l'art. No m'hi va la vida, i tampoc no pinto.

—Però fa fotos excel·lents —va puntualitzar la Núria agafant la mà de la Susanna—. Us ho dic jo perquè ella no ho reconeixerà mai.

Tot va anar mitjanament bé durant el sopar. Mentre prenien el cafè, però, la Susanna els va convidar a tots a anar a veure l'exposició de fotos que muntava la setmana següent. En Marc i la seva dona, la Mamen, van prometre que hi anirien encantats. Davant el silenci incòmode del Julio, la Núria li va dir que si no li anava bé fer la visita entre setmana, l'exposició s'allargaria dos caps de setmana més.

—És que... això no està fet per a mi... La veritat és que no sóc cap entès, no sé apreciar gens la fotografia. Un ignorant com jo us destorbaria i us faria sentir incòmodes... No sabria valorar el que veig... Ja sabeu que no entenc gaire aquest món...

L'última frase, llançada a l'aire, va quedar planant com una llosa damunt la taula, on ja hi havia els cafès.

En Marc i la Mamen, molt diplomàtics, van intentar trencar el gel que s'havia tornat a formar en l'ambient recordant anècdotes dels seus fills, tots dos estudiants de Belles Arts. Explicaven, per exemple, les cares d'incredulitat que van fer les primeres vegades que van anar a visitar exposicions de pintura moderna. La seva expressió, davant un quadre amb un rectangle al mig tot pintat de vermell i un fons negre, va ser d'indignació, que va créixer quan van conèixer el valor de la pintura, d'aquelles quatre ratlles infectes embrutades de color, com tenien costum de definir encara, tot i els anys que havien passat des de la primera decepció com a públic de l'art modern. Després d'una llarga evolució, lenta i progressiva, s'havien convertit en admiradors de moltes d'aquelles obres, tret d'algunes excepcions.

Els esforços dels amics del Julio, però, no van apaivagar la tensió que planava en l'ambient. Al segon cafè, la Núria va deixar dos bitllets damunt la taula i es va aixecar.

—Ens disculpeu? Hem quedat amb unes amigues per prendre unes copes, és l'aniversari d'una, i ja fem tard.

I mirant el Julio va afegir:

—I no us dic que vingueu perquè potser no us sentiríeu còmodes. És un món tan estrany, oi?

De fet, la resta va marxar cap a casa havent sopat.

Els ànims s'havien diluït una mica després de la partida de la Núria i la Susanna. La Laura estava indignada i va esclatar a dins el cotxe, molt abans d'arribar a casa.

—Es pot saber on és la teva correcció? Què carai t'ha passat aquesta nit? És aquest el respecte que tens pels amics? —va donar un cop de puny a la guantera.

Ell es va fregar el front amb aquella expressió nerviosa i concentrada tan seva, i va continuar conduint sense dir res.

—Saps molt bé, i des del primer dia, que la Núria és la meva millor amiga! T'agrairia que mostressis més cortesia cap a ella, i no el menyspreu i el verí que has destil·lat aquesta nit. Què carai t'ha passat?

—Deu ser que no tinc un bon dia...

—Deixa't estar d'estupideses! Jo tampoc no en tinc, de vegades, de bons dies, i bé que evito d'insultar a tort i a dret i de comportar-me grollerament. Es pot saber què tens?

—Ja saps que em posa nerviós la Núria i el sarcasme i el mal rotllo amb què m'obsequia contínuament. Ja ho sé, que és la teva millor amiga, però també em coneixes bé, no suporto ni les lesbianes ni els marietes, ho saps perfectament... No hi puc fer més, Laura, i també això ho saps perfectament!

—Sí que pots! També em posen nerviosa molts dels teus companys i les teves companyes de feina, tret del Marc, que és una persona excel·lent, i no per això aprofito la mínima ocasió per trinxar-los a insults. Julio, digue'm, què et semblaria si el teu millor amic fos homosexual i jo aprofités qualsevol ocasió per recordar-te i recordar-li de manera despectiva la seva condició de marieta? Ho trobaries fantàstic? Et juro que en moments així em sap greu que no en tinguis cap, d'aquests amics. Te'n faries creus, de quina persona més desagradable puc arribar a ser si m'ho proposo.

Quan van entrar al pàrquing, ell li va demanar disculpes. Li va dir que estava més nerviós del compte, que tenia problemes a la feina, problemes per fer quadrar uns números massa foscos, i problemes amb la família i amb un germà del qual ningú més que ell semblava fer-se càrrec, malgrat les distàncies que els separaven.

Allò no era cap excusa, perquè no era la primera vegada que actuava d'aquella manera amb la Núria. Se'l va escoltar, però. Es tractava d'en Bru. El seu germà petit estava passant per una etapa difícil. Les crisis eren cícliques, previsibles però imparables. Al psiquiàtric li havien dit que anés amb molt de compte, i que el vigilés. La raó era senzilla: cada cop amb més freqüència, les crisis li feien posar en dubte si valia la pena, fins i tot, continuar existint.

1 2

La Núria va conèixer l'existència del Bru d'una manera casual. Va ser a la galeria d'art de la seva amiga Sònia, que li havia prestat la sala per a la seva darrera exposició de pintura. La Núria pintava molt bé, sobretot retrats i marines. Els retrats eren dolços, de línies i colors suaus, i els gestos sempre llunyans, abstrets, pensatius; les marines, en canvi, constituïen un esclat violent d'onades contra les roques, sota un cel ennuvolat o roig-violeta, però mai plàcid.

Els quadres tenien qualitat, com ho demostrava una sala plena de gom a gom. La inauguració no era aquella tarda, perquè l'exposició ja feia uns dies que estava en marxa. Per tant, se suposava que la crítica i el boca-orella havia funcionat i, a més, amb èxit. Entre el públic, es barrejava el bohemi amb el discret, l'elegant amb el modern, el jove amb el madur. Aquell ventall tan ampli d'interès pels quadres era un bon senyal per a l'autora.

En una taula molt petita situada en un racó de la sala, la Sònia apuntava les dades d'un home que acabava d'adquirir un dels retrats. La Núria es va acostar, va somriure a l'home, discret i elegant, i va observar la llista: ja havien fet unes quantes compres. Li va cridar l'atenció un nom: Julio Nebot. El company de la Laura no era allí, però algú havia adquirit en nom seu un quadre, una marina de colors violents i onades tempestuoses. Li va preguntar a la Sònia qui havia comprat la pintura, i ella li va assenyalar una dona de mitjana edat, molt ben vestida, que tornava a ser davant el quadre comprat i semblava comentar-lo amb l'amiga que tenia al costat.

La Núria, encuriosida, s'hi va acostar per observar-la millor. Era una dona de discreta elegància i aspecte afable. La vida semblava haver-la envellit abans d'hora. Els seus ulls, translúcids, transparentaven el seu estat d'ànim, i estaven profundament apesarats, una mirada trista calcada d'una ànima marcada per l'infortuni. Al primer cop d'ull no s'advertia res, però la sensibilitat de la Núria ho va captar a l'instant, com també la fortalesa d'aquella dona, sota un aspecte fràgil de porcellana.

—Jo crec que li agradarà —comentava la dona de qui la Núria suposava que era amiga—. Té el caràcter tan fort i tan tossut com aquestes onades, i l'estat d'ànim sempre tan inflamat com aquest cel. El mar, a més, l'apassiona. Tres components que m'han convençut. Què et sembla, Rita?

—Que l'encertaràs.

—El trucaré a la feina i li demanaré l'adreça nova. Crec recordar que em va dir que s'havia canviat fa poc temps de pis, i que ara el compartia amb una noia. Com ens hem de veure les mares, perseguint els fills perquè ens revelin on viuen!

—Vaja, potser comença a plantejar-se seriosament això d'abandonar la seva preuada independència...

—No em faig il·lusions... I què et sembla aquest altre? L'aniversari del Bru és també d'aquí a pocs dies.

Li estava assenyalant una altra marina, aquesta molt més inquietant, perquè les onades trencaven amb violència contra les roques de l'espigó i el cel apareixia enterbolit i fosc com en els pitjors vaticinis de tempestes. La Rita li va posar una mà a l'esquena.

—No crec que sigui bona idea. Ja sé que t'agrada molt la pintura, Maria, però... vols dir?

Ella va abaixar els ulls.

—No, tens raó. La veritat és que el quadre no convida pas a la tranquil·litat d'esperit que ell necessita... A més, ara que faig memòria, ell em va comentar una vegada que no volia cap objecte decoratiu a la seva habitació del psiquiàtric. Encara recordo les seves paraules. Em va dir que allò no era cap fundació o museu, ni tampoc el piset de solter que li agradaria tenir per penjar les quatre pintures o les poques escultures que gent amb més bona voluntat que delicadesa li havien regalat. Sembla mentida que sigui la seva mare i hagi oblidat tan ràpidament les seves instruccions. Aquest quadre no li hauria caigut gens bé, ja buscarem un altre detall...

Que era la mare del Julio, la Núria no n'havia tingut cap dubte des del primer moment que l'havia vist. Tenia la mateixa barbeta pronunciada, el mateix nas lleugerament corbat, el front, ample i llis, idèntic. I també era calcada l'expressió decidida, agressiva la del Julio, més contemporitzadora la de la seva mare. El que la Núria no sabia era que el Julio tenia un germà ingressat en un manicomi. I de ben segur, va pensar, que la Laura tampoc no ho sabia.

—Hola —va somriure, i els va estrènyer la mà a totes dues—. Sóc la Núria Boixaderas, la responsable de tot aquest enrenou i del trencaclosques que penja a les parets d'aquesta sala. Gràcies per adquirir-ne una part! Perdonin, però no he pogut evitar sentir part de la conversa. Vostè és la mare del Julio, del Julio Nebot? És que ens coneixem, som... amics.

Els ulls nítids de la dona van brillar, encuriosits, i, immediatament, la seva expressió d'afecte sincer es va guanyar el cor de la Núria.

—Maria, Maria Salmerón. I aquesta és la Rita. No deus ser pas la... bé, la noia que viu amb ell?

—Doncs no exactament —va somriure davant l'ansietat mal dissimulada de la mare per conèixer la nòvia del fill—, però hi tinc una mica a veure... Sóc la millor amiga, o almenys ho crec, de la Laura. Ella és la companya del Julio.

Aclarit l'interrogant, va semblar que sospirava, com si no hagués sabut la forma correcta de reaccionar si aquella noia hagués estat la que, en el fons, desitjava tant de conèixer.

—Doncs encantada, senyoreta Boixaderas.

—Si us plau, digui'm Núria.

—Núria, d'això..., confio conèixer algun dia la seva amiga... El meu fill és una mica esquerp pel que fa a aquest tipus de presentacions... I què li sembla el quadre que he adquirit? És per a ell... Si vostè és amiga seva, em sabrà dir si he encertat l'elecció. De vegades, una amiga hi veu més clar que una mare...

—I tant, jo crec que li escau: incendiari, apassionat i tossut! Un bon còctel, vostè l'ha definit molt bé. I no cal que li truqui: jo mateixa li donaré l'adreça, així sí que podrà dir que és un regal sorpresa amb tota la raó del món. Això sí: la cita amb la Laura ha de ser una cosa entre vostès...

—I tant, ja li aplicaré el tercer grau pel meu compte. Per cert, la Laura ha de valer molt: el Julio és un home difícil.

—Un home difícil que s'ha topat amb una dona tan obstinada com ell. S'entenen a la perfecció.

Va tornar a somriure. La Núria pensava en aquell moment quantes voltes pot arribar a donar la vida, i que el guionista encarregat d'escriure'n la història de vegades es permetia la llicència de ser irònic. Qui ho havia de dir, que aquell amic que se sentia incòmode a les seves exposicions acabaria tenint a casa seva l'obra d'una lesbiana.

—I el Bru, com està?

—Fomut —la mirada de la Maria es va enfosquir de sobte—, i el Julio no el visita des de fa temps, no s'entenen gaire —la va agafar pel colze, parlava com si la Núria sabés de què anava el tema, i ella, que de fet ja l'havia enganyat amb la pregunta, no li va desfer l'error—. Vagi a veure'l, bonica. La companyia li fa bé. Està massa sol, i amb les visites de la mare no en té prou.

—Ho faré. Deixi'm el número de telèfon, sempre serà millor avisar abans...

Amb el telèfon a la mà, la Núria en va poder esbrinar l'adreça i l'endemà mateix s'hi va arribar. No havia avisat. La van fer passar a una saleta freda i impersonal, i després la van acompanyar a través d'un passadís immens fins al jardí. Allà, dret sota un arbre i amb les mans a les butxaques del pantaló de cotó blau marí, l'esperava el Bru.

La Núria va veure un home alt, prim i fort, bronzejat, d'ulls penetrants que la miraven fixament. Es va enrojolar sense voler perquè tenia la sensació que aquells ulls l'estaven despullant per dins i per fora. I era una impressió que l'afalagava i la pertorbava alhora.

—Hola, no em coneixes: em dic Núria, sóc amiga del Julio i la Laura, la seva companya.

Va dubtar entre donar-li la mà o fer-li un petó, però al final no va fer cap de les dues coses. Ell, sense treure's les mans de les butxaques l'observava, divertit. Era insultantment atractiu, quina llàstima que estigués tancat allà i una no el pogués fruir com calia, va pensar la Núria, sorpresa d'aquelles idees agosarades. Si la sentís la Laura! O la Susanna! El cas era que, a primer cop d'ull, el Bru l'havia atret molt.

—Encantat de coneixe't, Núria, però no acabo d'entendre massa bé què fas aquí... No crec que el Julio tingui la barra d'enviar lloctinents per estalviar-se la visita.

La Núria va replicar molesta:

—Jo no sóc la lloctinent de ningú. He vingut perquè em venia de gust fer-ho. El teu germà no té ni idea que sóc aquí, i m'hi jugo el coll que no li faria cap gràcia, si se n'assabenta. De fet, vaig saber que existies ahir per casualitat. El Julio no me n'ha parlat mai, de tu. Va ser la teva mare. Em dedico a la pintura, i la vaig trobar en una de les meves exposicions. Si et molesto, me'n vaig.

El Bru va deixar passar uns llargs segons sense apartar la mirada burlanera d'ella, fins que va trencar el silenci.

–No, no em molestes. Anem a passejar, no em ve de gust seure.

La tarda era plàcida. La primavera despuntava a tots els racons del jardí amb un esclat de flors de mil colors, la penombra fresca dels arbres, les branques que es cargolaven sota el pes de les fulles, i el concert, suau i harmònic, dels ocells que hi havien fet niu.

Era un paisatge idíl·lic carregat d'aromes pel qual vagaven contents, absents o inquiets com ànimes en pena, els clients d'aquell hotel especial de murs insalvables i somnis trencats.

Van caminar en silenci fins arribar a un llac artificial, esquitxat aquí i allà de granotes de pell lluent i ulls sortints que saltaven, s'enfonsaven i tornaven a emergir en un joc inacabable. L'herba i les flors que hi havia damunt l'aigua no en deixaven veure el fons.

—Sempre m'han agradat els nenúfars. Em relaxen.

La Núria va mirar fixament el llac sense dir res.

—Són un matalàs idoni per a les granotes i un bon amortidor per als seus salts. Llisquen plàcidament per l'aigua i no destorben l'ambient. Sempre he cregut que el paradís en deu estar ple, de nenúfars. A tu t'agraden?

—Gens ni mica. Les vegades que m'he banyat en llocs on n'hi havia se m'enganxaven lliscosos als braços i em feien angúnia. Sento trencar el teu amor romàntic pels nenúfars.

—No hi fa res. No hi ha gaire gent a qui li agradin, la veritat. Així serem menys a compartir-los, al paradís...

—La teva fal·lera pel paradís, té algun motiu especial? T'hi esperen les deesses, potser?

—De fet, no. Tot el contrari. És l'ànsia de posseir allò que no es té —la va mirar de dalt a baix, descaradament. Ella es va sentir per un moment molt desemparada i, sorpresa amb ella mateixa, va notar com l'espurna del desig li esperonava les entranyes—. Dius que ets amiga del Julio, però que ell no t'ha parlat mai de mi. Que vas sentir el meu nom ahir per boca de la mare. No acabo d'entendre això que m'hagis vingut a veure...

—Jo tampoc. La veritat és que vaig sentir curiositat per conèixer un germà del Julio de qui no m'havia parlat mai.

—I més tenint en compte que està ingressat en un psiquiàtric, no? Deu sonar exòtic, com una atracció de circ...

A la Núria li va saber greu el punt d'amargor del to de veu, però no va poder contradir el retret perquè tenia raó. No havia pogut evitar la curiositat morbosa de conèixer el germà boig del Julio. Però ara que el coneixia, no entenia què feia allí.

—Per què estàs tancat?

—Diuen que he estat un xicot dolent —li va llançar un nou somriure provocatiu i una altra de les seves mirades atordidores.

—Què has fet?

—Secrets inconfessables.

No hi va haver manera d'aclarir els motius que l'havien conduït fins allí.

—I en sortiràs algun dia?

—Algun dia... espero. Tot i que en el fons no sé si en tinc o no, de ganes de sortir-ne, o de motius per fer-ho.

—Potser a fora trobaràs aquest paradís que fins ara has buscat sense èxit.

Per primera vegada des que estaven reunits, el somriure del Bru es va convertir en un rictus amarg. Se'n va anar cap a dins i va donar la visita per acabada.

13

Abans de l'excursió a Medea, la Laura i la Núria fan una ruta pel desert. Surten un matí a trenc d'alba, amb un quatre per quatre atrotinat, conduït per un paio amic del Joseph a qui gairebé no senten obrir la boca. Però el Joseph omple, amb la conversa reposada i els acudits sempre enginyosos, el buit d'aquell guia tan sec.

També els acompanya un noi anglès molt correcte però terriblement avorrit. S'ha apuntat al viatge —de fet, se'ls ha enganxat com una paparra— i no saben del cert per què, ja que la seva passió són els ocells, de tot tipus. Difícilment els pot trobar, raonen elles, sota les pedres o la sorra del desert, o als pocs oasis que esquitxen la immensa extensió de terra que abasta l'infinit i que a partir d'un punt indeterminat es confon amb el cel i es difumina enmig de la llum blanca i encegadora.

Per què han volgut anar al desert? Els apassiona el paisatge, i la gent que l'integra. La rudesa, l'aspror, l'austeritat d'aquell oceà d'or fonedís les fa sentir petites i gegants alhora. I com en tants altres aspectes de les seves vides paral·leles, les dues amigues també aquí coincideixen...

La primera jornada és esgotadora, però cada mil·lèsima d'esforç val la pena. El paisatge desèrtic té un llenguatge propi, i el viatger que s'hi endinsa ho sap i n'és còmplice.

Aquest horitzó inacabable de dimensions extremes provoca una sensació tan magnífica que no calen els comentaris. El silenci emocionat dels privilegiats que hi arriben és el millor transmissor d'un estat d'ànim impossible de definir amb paraules ordinàries. De tan pur, l'oxigen es clava a les fosses nasals i colpeja els pulmons amb violència. La terra és tan extensa que sembla esvair-se sota els peus del viatger atordit i ennuvolar la mirada extasiada a l'horitzó.

L'aire crema i la sorra també. El cap rodola i els sentiments s'estoven. Per això és impossible moure's quan el sol està més alt. A les hores fortes de calor, descansen. El te amb menta fumejant els mitiga la set i els suavitza la gola resseca.

L'hospitalitat àrab del desert els permet compartir pa, te i dàtils amb les famílies nòmades que troben pel camí. Són gent que reben la companyia del grup com un obsequi, i no per quedar bé. Són acollidors de mena, i a la Laura i a la Núria els encanta conversar-hi.

Dormen a la intempèrie. Les nits es converteixen en un regal per als ulls —al costat del foc i embolcallats amb una flassada d'estrelles— i en un exercici de relaxació que serà la millor medecina per a totes dues. Fa molt de fred. Es miren i somriuen.

—Qui ens ho havia de dir, eh, bitxo? —la Laura li remou els cabells, curts i embullats—, quan érem a l'escola juntes, fent entremaliadures, tu més que jo, que consti, que un dia ens trobaríem aquí veient passar la vida...

La Núria s'està una estona en silenci, observant l'horitzó que en l'obscuritat acarona les dunes, lluny de tot. Després, li agafa la mà i somriu.

—Som afortunades. Sóc afortunada amb aquesta amistat —li posa el palmell de l'altra mà damunt la seva—. Tenir-te com a amiga és el millor que m'ha pogut passar.

La Laura li fa un petó a la galta. Se li han posat els ulls brillants.

—No ens posarem pas sentimentals ara, oi? L'aire del desert ens fa melangioses... Jo també tinc sort, i doble, perquè sé que estàs amb mi malgrat que no et puc donar tot el que voldries o et podria fer feliç...

No diuen res més. Passen de puntetes pel tema que les implica totes dues però damunt el qual han imposat com una mena de pacte de silenci: l'amor que la Núria sent per la Laura, un enamorament no correspost i que mai no podrà ser d'una altra manera.

Callades, escolten el xiulet del vent i els sembla, per un moment, que són els seus cors els que xiuxiuegen les paraules prohibides que mai no sortiran dels seus llavis.

1 4

La primera vegada que el Julio li va dir que es prengués la feina i la vida a petits glops i no amb l'embranzida amb què ho feia tot fins aquell moment, la Laura gairebé ni se'l va escoltar. Després d'unes quantes advertències, però, se'l va mirar amoïnada amb aquella obsessió.

—Tens cap problema?

Ell assegurava que no, que només la volia veure i fruir-ne més hores, i allò era impossible si mantenien aquells horaris. De vegades, ni coincidien. A les nits, quan l'un arribava, l'altra ja estava dormint o tenia un sopar ineludible. Ell no podia modificar horaris, havia de conduir una empresa i el dia encara es feia curt d'hores per enllestir tota la feina que tenia pendent.

—Doncs tu tindràs una empresa, però jo condueixo, encara que no sigui meva, una revista, i les vint-i-quatre hores del dia també se'm fan curtes per resoldre tots els entrebancs que em surten.

El Julio sabia ser molt persuasiu quan alguna cosa o algú li interessava molt, i la Laura li interessava moltíssim. També sabia perfectament com aplicar les seves tècniques de persuasió —en la feina hi tenia la mà trencada— i traslladar-les a l'àmbit personal. Convincent i possessiu, volia que la Laura

fos seva i no compartir-la tant. El Julio va començar ales-
hores amb la Laura el que la Núria anomenaria amb una
estudiada carrincloneria l'ofensiva floral. Rebia roses ver-
melles, blanques, grogues —li encantaven les roses— en els
moments més inesperats: a la redacció, a casa, sopant en un
restaurant. El Julio estava d'allò més melós i sol·lícit, i, molt
a poc a poc, es va anar guanyant la Laura i va aconseguir fer
baixar les seves defenses. En definitiva, es va començar a
estovar. «Potser sí que treballo massa hores.» «Potser sí que
m'haig de prendre la vida d'una altra manera.» «Potser sí
que puc delegar algunes coses en els companys d'oficina,
l'Esther i el Dani.»

Quan la Núria va veure que abaixava la guàrdia, es va
alarmar. Un d'aquells dies van quedar per sopar. Al segon
plat, un ram de roses vermelles va irrompre a la taula amb un
missatger i una nota: «No et vull en exclusiva, però sí que
m'agradaria tenir-te una mica més. Bon profit, i un petó a la
Núria. Disculpa'm davant d'ella. L'altre dia no vaig estar gaire
afortunat amb els meus comentaris».

La Núria va bufar.

—Jo no m'estovo tan fàcilment. Què passa, unes floretes
i ja està? Laura, no et deixis domar d'aquesta manera. Tu no
eres així. Tu no ets així!

—És molt senzill, Núria. Estic cansada. Tinc ganes d'as-
saborir més el Julio i la vida, vet aquí. I saps tan bé com jo
que en les decisions que afecten la feina o les relacions per-
sonals, els homes acostumen a ser força menys sacrificats que
nosaltres. No sóc dòcil, precisament, però no em cauran els
anells per alentir una mica el meu ritme i assaborir més el
meu home, coi!

—El vols assaborir més? No fa gaire temps em deies que així, si no us vèieu gaire, teníeu més ganes l'un de l'altre; que cada vegada era com tornar a començar, encara que soni una mica carrincló dir-ho d'aquesta manera.

—Doncs ara no en tinc prou. I no sé per què t'haig de donar tantes explicacions. Ni que fossis la meva mare —enfadada amb ella mateixa, va agafar una de les roses i la va ensumar amb expressió contrariada.

—No sóc la teva mare però et parlo més clar que ella, em sembla. Sóc la teva millor amiga, no?, des que érem petites. Doncs escolta'm. Encara que no em facis gaire cas, per no dir gens, ja saps que sóc tossuda i insistent —va fer un senyal al cambrer perquè els omplís les copes—. Què vindrà després, Laura? «Queda't a casa i formem una família»? Mentre tu, a poc a poc, et vas consumint per dins sense adonar-te que no hauràs fet res més que riure-li les gràcies...

La Laura es va cansar dels comentaris negatius de la Núria, que no trobava absolutament res de bo en la seva relació amb el Julio. Va buscar una frase, una, la que més mal li pogués fer en aquell moment.

—Vols dir que en el fons no estàs gelosa? Potser el que et sap greu és no poder formar una família tipus, com les dels nostres pares i avis, una família tradicional, amb home i fills, o amb home i sense fills, és igual, i aboques aquest ressentiment sobre els que ho volem intentar. Ser una parella, ser una família, vet aquí, potser és aquest el teu problema.

Ho va dir sense pensar, i se'n va penedir immediatament. Havia estat un cop baix, i la Núria el va acusar. Jugava nerviosa amb el seu tovalló, i quan va parlar, sense mirar-la, la veu li tremolava.

—Els podria tenir, si volgués, els fills. El problema és si vull dur-los a una societat tan intolerant com ho demostren comentaris com el teu. M'acabes de confirmar que vivim en un món incapaç d'acceptar cap relació personal o social que se surti dels estereotips marcats, vet aquí. Fins i tot les millors amistats trontollen quan les relacions defugen els esquemes previstos. Sigui com sigui —va fer una pausa, se la notava indignada—, també vull que sàpigues que no em fa cap il·lusió especial tenir un petit monstre a casa, encara que la meva parella fos un home i el món sencer aplaudís la decisió. Això de la família no està fet per a mi.

La Laura li va agafar la mà, i la va retenir malgrat el seu intent de desempallegar-se'n.

—Perdona'm. Després d'aquests rampells, m'hauria de tallar la llengua.

—Per què? Al cap i a la fi dius el que penses.

—No, no dic el que penso. Dic allò que sé que et pot fer més mal, i ho faig a posta. M'has fet enrabiar, i m'he comportat com una nena malcriada. Saps? —li va pessigar la galta amb l'altra mà sense deixar anar la que tenia agafada. Se l'estimava tant, la Núria, encara que no fos de la manera que ella voldria! No sabia què faria sense ella, ni volia saber-ho—. No n'hem parlat mai, però a mi tampoc no em ve gens de gust això de tenir criatures, ves per on. Sento que no en tinc cap necessitat, cap buit per omplir en aquest sentit. Sóc feliç així, sense una part de mi fent saltirons i tombarelles al meu costat, sense haver-me de dedicar a ensenyar, estimar i alliçonar una personeta que depengui de mi. Això, a la major part de la gent, també li costa d'entendre.

—I el Julio pensa el mateix?

—Intueixo que sí, encara que la veritat és que amb ell tampoc no n'hem parlat mai, però és que jo ho tinc tan clar que no em preocupa el més mínim. Sona egoista, però és així com ho sento. I després de tot, qui talla el bacallà en aquest assumpte sempre som nosaltres, no?

Es van mirar i van somriure, tot i que la Laura sabia que l'amiga encara estava dolguda. El que té de bo l'amistat és que te les pots dir ben grosses sense que es trenqui aquest fil delicat i resistent alhora.

—I què, ja has conegut la família del teu estimat?

—El pare sí, fa uns quants dies. És un encant. La seva dona, en canvi, la madrastra del Julio, és una bruixa.

—Espero que hagis estat més diplomàtica del que acostumes, i no li ho hagis dit a la cara —van riure—. Jo he conegut la resta de la família.

La Laura va fer cara de no entendre res.

—La mare va venir a l'exposició, va comprar un quadre per al Julio. L'endemà vaig conèixer el seu germà.

—El Bru? El que està...

—El que està en un psiquiàtric, vols dir? Sí, dona, sí, i no facis aquests ulls desorbitats, ara t'ho explico. Per cert, que tu també m'hauràs d'explicar com saps això del psiquiàtric...

La Laura va sentir un desig profund de conèixer la mare del Julio i el Bru. Els comentaris de la Núria li havien encès la curiositat, i va abordar el Julio l'endemà sense més preàmbuls.

—Tens ganes de conèixer la sogra? N'estàs segura? I el Bru? La família al complet!

—No te'n burlis. No vas tenir pas cap problema a l'hora de presentar-me el teu pare i la seva dona.

—T'ho dic de broma, ximpleta. I és clar que no m'importa. Ja havia pensa't dir-t'ho. De fet, estan a punt d'arribar.

—Què???!!! Això s'avisa, home. Vaig a arreglar-me una mica, estic feta un nyap.

El Julio la va enxampar de la cintura abans no s'esmunyís cap a l'habitació i li va fer un petó.

—A mi m'agrades feta un nyap. Per això no t'he dit res.

—Traïdor.

Quan va sonar el timbre, van tenir el temps just de recompondre's la roba que s'havien començat a treure en un dels seus arravataments. Era un transportista i duia un paquet enorme. Era la marina de la Núria, i una targeta amb una nota. El Julio va somriure. L'obra era esplèndida, va haver de reconèixer. La Núria pintava molt bé. Encara estava retirant les restes del paper quan va sonar l'intèrfon per segona vegada. Ara sí. El Bru i la mare havien arribat.

1 5

És la quarta nit que passen al ras i ja s'entristeixen de pensar que els en queden quatre menys per tornar a Alger. Han assaborit cada moment com si fos la recta final d'un somni. Aquella nit, fan bromes sobre el xicot anglès aficionat als ocells que jeu amb elles en un desert buit d'aus. La Núria dóna a la Laura un cop de colze.

—Mira aquest —assenyala l'ornitòleg—; no sé què manoi escriu com un boig al seu quadern de notes. No hem vist un maleït ocell des de fa quilòmetres. Està tocat de l'ala. Mai millor dit!

La Laura s'arrauleix de fred i s'arrebossa amb la seva flassada, divertida, intentant que l'anglès no adverteixi que se'n riuen.

—Què escrius amb tant d'interès, David? —la Laura intenta simular tota l'atenció del món concentrada en la pregunta. Ell arqueja les celles per ajustar-se les ulleres metàl·liques, brevíssimes, i es mou nerviós, satisfet que algú li pregunti coses del seu món particular del qual només es distancia per mirar el cel i embadalir-se amb els astres.

—Escric sobre la vida de l'ocell sedós en condicions extremes.

—Però n'has vist cap, aquí, d'ocell sedós?

—No, però m'imagino les condicions que es trobaria si hi visqués, i és una passada els esforços que hauria de fer per sobreviure.

Elles es miren incrèdules i s'esforcen per no esclatar a riure.

El David parla amb detall de l'ocell sedós, del seu plomatge fi i gris rogenc, de les seves preferències per habitar als boscos escandinaus i hivernar a l'Europa central. Després de la breu dissertació, torna a la seva llibreta i la succinta conversa en anglès s'acaba. Millor. Al cap i a la fi, la Laura i la Núria no tenen gens de ganes de parlar ni en anglès, ni amb l'anglès; ni d'ocells, ni de res que s'hi assembli. La Núria es frega els braços amb energia. Fa un fred que pela.

—Recordes les històries del Salum a la vora del foc?

La Laura somriu, abstreta, i assenteix en silenci. Fa anys, van fer un viatge a Kenya que recorden com un dels millors de la seva vida. Cada nit, al voltant del foc, el Salum, el guia, els explicava històries plenes de màgia que elles i els altres amics amb qui compartien el viatge escoltaven bocabadats com si fossin nens començant la gran aventura de descobrir el món.

—Joseph, ens agraden molt els contes, les històries —li diu la Núria, en el seu francès fluid—. En saps alguna per explicar-nos?

El Joseph, que fuma relaxadament observant les espurnes de cendra que salten de la foguera, les alliçona de manera suau, sense aixecar el to de veu, com si tingués por de destorbar aquell silenci absolut que regna en el desert.

—El desert té moltes històries. És un món ple de màgia i posseeix una vida pròpia que heu de comprendre i saber respectar. L'únic que heu de fer és atendre perquè us arribin tots els seus secrets. Heu de tenir en compte que és un món silenciós, i per això mateix tan ric. D'aquest silenci i de les imatges que us evoqui surten els contes. Només heu d'escoltar: sentir què us diu el vent, o el frec-frec que fa l'escorpí quan s'arrossega per la sorra. I observar: la mirada impassible del nòmada amb el qual ens hem encreuat, i l'acollida d'aquella família que ens ha convidat a la tenda a prendre te; la pedra erosionada per la força del vent, o aquest altre grapat de sorra atrapat entre els matolls. Cadascun d'aquests elements té la seva pròpia història. Són relats que viatgen a través d'aquest vent sec i polsegós, s'aturen quan algú els vol escoltar i després continuen el seu camí. Els contes màgics del desert no descansen mai, tenen vida eterna. No cal que ningú els expliqui en veu alta, perquè s'expliquen sols. Els sentiu?

A la Núria i a la Laura se'ls ha posat la pell de gallina. La veu greu del Joseph mussitant en el seu francès dolç tota la màgia del món concentrada en aquell silenci estrident cala ben endins. Té raó. El silenci parla, els explica coses. Històries màgiques de paisatges mutants, d'esperits nòmades i d'amors arriscats. Allà hi ha un bri del paradís, per a qui el sàpiga trobar. Només cal abrigar-se, jeure sota l'oceà d'estels, deixar volar la imaginació i, sobretot, aprendre a escoltar i a esperar.

1 6

El pot de pastilles era allí, immòbil, temptador i alhora amenaçant. Les boletes de color groc l'observaven amuntegades des de l'altre costat del vidre gruixut i opac del recipient. Damunt la taula no hi havia res més, només un got d'aigua. El Bru contemplava les pastilles i els barrots de la finestra alternativament. Semblava tan fàcil fer-ho i obrir per sempre més aquells barrots! Només li calia una empenta, o potser ni això.

Com li passava sovint, però, els pensaments més transcendents s'esvaïen quan es distreia amb altres assumptes que no tenien res a veure amb ell. En aquell moment, els crits dels psicòtics, exaltats probablement per l'esdeveniment més nimi, ressonaven esgarrifosos pels passadissos de la residència. El Bru va sortir de l'habitació com un autòmat i va anar cap al lloc d'on provenien els crits. Els infermers el van veure arribar com si fos un membre més del personal. Li van permetre que agafés un dels exaltats per les espatlles i li murmurés unes paraules. Molt a poc a poc, el bàlsam va fer efecte. El malalt es va anar calmant, i la seva ira es va transformar en un gemec suau. Al final, sanglotava. Un dels infermers li va donar un copet a l'esquena, per agrair-li l'ajut. Encara no entenien com ho feia, però el cas era que ell, al cap i a la fi un malalt, aconseguia amb els altres malalts el que el personal especialitzat, sovint, no obtenia de bones maneres.

El Bru, però, quan després d'aquells instants de glòria efímera tornava cap a la seva habitació, plorava en silenci. Si sabessin que sol se sentia. Si sabessin que trist i desemparat es trobava. Necessitava companyia, però no sabia com ni a qui expressar que la seva simulada preferència per la solitud era només aparença.

Quan va arribar a la porta de l'habitació, va dubtar de tornar-hi a entrar. Amb un peu al llindar, no gosava creuar-la. Va ajupir el cap. El cor li bategava molt ràpid. Les boletes grogues, amuntegades dins el pot, l'esperaven immòbils allà damunt la taula. Se li amuntegaven, també, a dins el cervell, muntanyes de boletes grogues que lliscaven gola avall i li provocaven una plàcida somnolència.

Les mans li estaven quedant blanques de tant estrènyer el pom de la porta. Tots els vells, coneguts fantasmes, giraven al seu voltant en un ball infernal. Els ulls semblaven buscar un aixopluc inexistent. Va començar a cridar de manera incontrolada. No va ser conscient de quanta estona ho va fer fins que va sentir uns braços de ferro que l'estiraven per desenganxar-lo de la porta. Ell movia el cap com si se li hagués afluixat la molla que l'unia a la resta del cos. El malalt model, a la fi, s'enfonsava com els altres. Els braços de ferro el van immobilitzar, el van estirar, va sentir una punxada. Després, un pou angoixant i la caiguda al buit. I una calma molt trista.

Quan es va despertar, el pot de pastilles ja no era allà, i el Julio se'l mirava preocupat, amb les mans encreuades a sota el mentó, assegut en una cadira al costat del llit.

El Julio no sabia com tractar el seu germà en els moments més àlgids de crisi. De fet, mai no havia sabut com tractar-lo, ni quan les aparences l'assenyalaven com la persona més metòdica i intel·ligent del món. Saltava a la vista que se sentia incòmode, però és que, a més, en les situacions límit, la incomoditat esdevenia incertesa absoluta sobre com actuar. En ocasions com aquella, era el Julio qui es mostrava neguitós, excitat, qui es volia fondre i no haver de suportar aquelles situacions enutjoses. El Bru, en canvi, apaivagat a cops de sedant i d'estones de reflexió forçosa immobilitzat al llit, una vegada havia passat la crisi, estava d'allò més calmat. Somreia d'aquella manera tan seductora que havia encisat la Laura i la Núria. Tot el control del món apareixia concentrat en aquell mig somriure.

—No pots continuar així.

—No vull continuar així.

—I què penses fer? El numeret cada vegada que estiguis deprimit? Així no es resolen les coses, Bru.

«Ni es parla així als malalts com jo, germà», va pensar ell, mentre el mirava dolgut.

—No, ja sé del cert que tu tens mètodes més expeditius de resolució. Per això sóc aquí, no?

Silenci incòmode, etern. I una distància entre germans infinita.

—No diguis bestieses.

—Treu-me d'aquí, Julio. Ja no aguanto més aquesta reclusió.

Primera mirada de súplica, potser l'única, cap al seu germà gran.

—No puc, ja ho saps.

Mentia, com sempre. El Bru va recompondre ràpidament la seva imatge d'home sencer i dur. La súplica havia durat només uns segons, però suficients perquè el Julio, en el fons, se sentís més culpable.

Van passar unes quantes hores abans que el Bru es tornés a quedar sol. La seva habitació s'havia convertit en un flux constant de metges, psiquiatres i companys que volien saber com es trobava. Quan el van deixar finalment amb l'única companyia dels seus malsons i les seves fantasies, va abaixar la persiana i, en la penombra fresca del capvespre, va pensar en la Núria. Va evocar els seus cabells curts, rebels, el clotet que se li dibuixava a totes dues galtes quan somreia, cosa que feia sovint; la mirada a mitges desafiant i provocativa, a mitges divertida. Va evocar, també, la tremolor dels seus llavis quan li va fer el primer petó.

Va ser a casa d'ella. Acabaven de sopar amb la Laura. S'havien trobat al vespre, en lloc de fer-ho en el dinar habitual de cada dos mesos. Ella s'encarregava de dur-los amb el cotxe de tornada cap al psiquiàtric i cap a casa, respectivament.

Aquella nit, tots dos van advertir molta complicitat mútua. Ella el va convidar a fer l'última copa abans de dur-lo cap al que anomenava sorneguerament «l'hotel dels miracles», o «l'hotel dels elegits». Mentre pujaven en ascensor fins al pis de la Núria, tots dos sabien què passaria abans fins i tot del primer petó.

Hi havia una màgia especial en l'ambient, i a tots dos els venia de gust implicar-s'hi. El Bru no sabia quants homes devia haver tastat la Núria abans de decantar-se pels éssers del seu mateix sexe, però aquella nit li va semblar la dona més experimentada del món. No obstant això, també va advertir la seva por en aquella tremolor imperceptible als llavis i a les mans, i va intentar amb molta cura, a cop de petons i carícies fetes amb delicadesa extrema, allunyar els seus temors i fer-la sentir, sobretot, viva.

La Núria li confessaria, molt més tard, que feia ja uns quants anys que havia descartat follar amb cap home, que ell era el primer en molt de temps, que tenia claríssim que li havia vingut de gust fer-ho i que a més havia estat fantàstic, tot i que no sabia què l'havia impulsat a fer el pas. També tenia molt clar, li va dir, que allò no canviava en res la seva inclinació natural cap a les dones. Però el Bru, mirant-la als ulls, va endevinar el que no deien les paraules: que el cap i el cor parlaven llenguatges diferents. Res no podria tornar a ser igual, després d'aquella nit, encara que no es tornessin a tocar mai més. I el Bru no estava segur que no tornés a passar.

Pocs dies després, el germà del Julio va desaparèixer del psiquiàtric.

1 7

L'excitació posterior a l'excursió al desert dura uns quants dies. El regust aspre de la sorra a la pell i als llavis, la lluentor del cel estrellat i el vertigen de les dimensions infinites d'aquell paisatge nu triguen a desaparèixer. Recorden fil per randa totes i cadascuna de les sensacions, i les enyoren. El desert és una droga poderosa i, sovint, l'abstinència es fa insuportable.

Ara són a les portes de Bab El Oued. Busquen mocadors i dàtils per fer regals. Els mocadors són preciosos, però els preus, d'entrada astronòmics, requereixen una negociació àrdua i sense presses. Elles no en tenen, i el Joseph, que les espera pacient uns metres més enrere recolzat al capó del cotxe, tampoc. Està al seu servei·i per això mateix les pot estar esperant tot el dia si convé.

La presència de la policia i l'exèrcit no és discreta. La gent mira amb recel els antiavalots, tret dels venedors, que ja hi semblen estar acostumats. Fa dos dies, el president-titella ha sortit per la televisió per advertir que no acceptarà el dictat dels violents, i que la repressió arribarà on calgui. El dia anterior, una explosió en un mercat del centre ha fet deu morts, i tres dies enrere, en un fals control de carretera, un grup ha metrallat un taxi col·lectiu i n'ha mort els quatre ocupants. Les coses s'estan complicant molt. L'espiral de violència engoleix a poc a poc tota espurna d'esperança que hi pugui haver d'una solució pacífica. És una guerra absurda sense sortida.

La Laura i la Núria es mouen per Alger, amb l'ajut del Joseph, des de la discreció i el callat suport al patiment collectiu d'un poble. Totes dues temen que, amb l'empitjorament de la situació, el Joseph descarti definitivament el desplaçament a Medea.

Quan li ensenyen els mocadors i li confessen el preu, el Joseph riu. Després, els pren la roba i es presenta enfurismat davant del venedor. Escridassa l'home, que es defensa, i gesticulen molt. El Joseph aixeca els braços, l'altre posa els palmells de les mans al davant, com demanant-li calma. Finalment, el Joseph llança les peces a la pila de roba que s'amuntega a la parada i el venedor, de mala gana, li torna dos bitllets. Elles, tot i que amb el somriure als llavis, fan veure que estan una mica enfadades quan ell torna amb les mans buides.

—Ei! I els nostres mocadors?

—Us havia estafat descaradament. D'acord que us en cobri una mica més, sou estrangeres —fa un somriure picaresc—, però no la barbaritat que us cobrava! No patiu pels vostres mocadors. Trobarem altres parades, un altre dia.

—Però els necessitàvem abans d'anar a Medea! Volem dur algun obsequi a la teva família!

—I qui us ha dit que hi podreu anar? —s'acaba la broma i es posa seriós de sobte—. Les coses no estan precisament bé per fer excursionetes d'aquest tipus.

Elles es queden glaçades. Ja tenien coll avall la visita a Medea.

—No fumis, Joseph, no ens ho pots fer, això —es queixa la Laura—. Ens ho vas prometre!

—Jo no us vaig prometre res. No en parlem més. Me n'hi vaig demà passat, haig de dur uns paquets als meus cosins. Traieu-vos del cap la idea estrafolària d'acompanyar-me.

Elles l'escolten mirant el terra, absolutament entristides. No ho poden evitar. Fa pocs dies que estan amb el Joseph, però hi han establert ja una complicitat tan estreta que els fa transparentar els sentiments sense complexos. No estan dolgudes, saben que el preocupa la seva seguretat, però se senten marginades d'un conflicte en el qual voldrien estar més implicades; potser la Laura més que la Núria. L'una arrossega l'altra, però per res del món la Núria baixaria del tren en marxa deixant a bord la seva amiga. Quina supèrbia, pensen, voler fer seu un conflicte com aquell! I, no obstant això, qui sap si per evitar de recordar les pròpies batalles particulars, hi estan cada vegada més obsessionades, amb aquella guerra clandestina amb majúscules.

Malgrat la resolució del Joseph, elles no es donen per vençudes. El dia que ell se'n va, pacten el viatge amb un taxista company del seu amic. Paguen tres vegades més del que seria normal, però el conductor al·lega que la zona on van és d'alt risc, i que això costa molts diners.

Gairebé marxen rere el Joseph. La mare, la Naida, s'ha assabentat de les seves intencions. Els demana que vagin amb molt de compte, però no els posa traves, i els dóna per a la germana —la tieta del Joseph— un paquet amb sucre, llet i altres aliments que el fill ha oblidat.

Encara no saben com, perquè han hagut de passar nombrosos controls, superats gràcies a l'habilitat dialèctica del taxista i a alguna generosa donació, arriben al poble de Medea on viu la família del Joseph. I, efectivament, el taxi és allí, aparcat a l'ombra d'un xiprer. El sol crema, ofega, oprimeix. Diuen al conductor que esperi un moment, i demanen a un dels veïns que les observen al carrer des d'un lloc arrecerat del sol que avisi el Joseph. Aquest surt d'una revolada d'una de les cases de tova i amb quatre gambades es planta davant seu, esverat i indignat alhora. Els ho havia prohibit! Com han gosat seguir-lo! Està a punt d'esbroncar també el taxista, però elles li ho impedeixen. No en té cap culpa, encara que se n'hagi aprofitat cobrant el triple. Són elles, al cap i a la fi, les que ho han demanat i les que s'hi han deixat portar. Li allarguen el paquet i el Joseph les mira, enutjat, encara que a poc a poc va suavitzant l'expressió. Finalment, diu a l'altre taxista que marxi i se les emporta cap a dins. Benvingudes a l'Algèria profunda, sembla dir-los en silenci, ho heu aconseguit.

A l'interior de la casa s'està molt fresc. L'olor d'espècies impregna tot l'habitatge. La barreja aromàtica endolceix l'aire i vicia agradablement l'olfacte. En un racó de l'habitació, nua d'altres mobles que no siguin els matalassos per dormir, una dona gran, la tieta del Joseph, està preparant el te. És tot un cerimonial que fa en calma, en presència del marit i el germà, de les dues filles grans que l'ajuden i dels seus marits. Un núvol de vailets va i ve, juga i s'amaga, entra i surt. Impossible endevinar quants són i encara menys retenir-ne els noms. N'hi ha molts, i no s'estan precisament quiets.

Els homes parlen, gesticulen molt. Les dones es mouen aquí i allà preparant els estris del te. El Joseph els diu unes paraules en àrab quan entra amb elles. Els homes mouen lleugerament el cap, les dones somriuen entre exclamacions i les empenyen cap on són elles agafant-les dels braços. Els nens, encuriosits, les observen com si fossin les criatures més estranyes de l'univers. Somriuen, avergonyits, entre ells, mentre els més agosarats els toquen alguna peça de roba amb l'expectació del qui espera que aquell contacte desprengui una màgia especial.

A fora, els fusells dels veïns que volen protegir la seva gent es mantenen alçats i alerta. Han sentit que hi pot haver incidents, i vigilen. Però, a dins, el riu de la vida continua fluint, i la quitxalla, que són nens com a tot arreu, juguen amb la candidesa dels qui desconeixen la maldat i la innocència d'uns anys massa breus per fer res més que no sigui aprofitar aquesta vida que, ells no ho saben encara, està a punt d'escolar-se.

Prenen el te i xerren. Les dones de la casa comencen a sentir-se més desinhibides davant les estrangeres. Els expliquen la seva por, com la masteguen i hi conviuen, i com han fet de l'espant un element més de les seves vides. I també parlen de les petites coses que constitueixen el miracle de veure el sol cada dia.

La Laura i la Núria —s'ho diuen amb les mirades— se senten felices de trobar-se allí, de tenir el privilegi de ser hostes d'aquella gent, testimonis dels seus grans temors i les seves minúscules alegries, i de compartir aquelles hores de te i conversa. Són a anys llum de distància dels seus petits problemes quotidians. I allà on es troben ara, els ensurts personals esdevenen minúcies.

De sobte, senten un gran aldarull i surten rere els homes per veure què passa. Ja és fosc, i a la dèbil claror esvaïda d'una lluna tamisada pels núvols veuen moltes corredisses. Més que veure-ho, ho intueixen, com també senten unes mans que les arrosseguen cap a dins una altra vegada.

A partir d'aquí, el dolor, la demència, la mort. La caiguda al pou, i el no-res.

18

—Tens sort, Julio. La Laura és una xicota excel·lent.

—Creus que no ho sé? Per això mateix no la deixo escapar, tot i que ho intenta. No vull que me la pispi un altre. Ja ha tingut prou embolics, i m'agradaria ser l'últim.

Van riure els tres. El Bru, en canvi, capficat, semblava trobar-se a molta distància d'aquella taula, petita i discreta, arraconada al costat de la finestra i il·luminada per un tènue llumet de paper.

El sopar havia estat força agradable, però allà hi havia alguna cosa que no rutllava. L'atmosfera es carregava de tensió quan el Julio i el Bru es miraven. El germà petit del Julio va parlar poc aquella nit, però suficient perquè la Laura advertís que el Bru era un home interessant i intel·ligent però també molt reservat, i que, per algun motiu que ara se li escapava, estava carregat de rancúnia contra el germà.

—Vinga, Bru, anima't —la mare li va estrènyer afectuosament la mà.

—Costa animar-se, si penso que ara tots tornareu a les vostres plàcides vides i jo a la meva casa de bojos.

Mirades incòmodes entre tots.

—No en diguis així, home...

—És un manicomi, no? No cal anar amb subterfugis, al cap i a la fi. ¿Parlar del «complex assistencial en salut mental» t'agrada més, mare?

La mirada era tan feridora com la pregunta, i la dona ho va acusar. El Julio li va retreure que li parlés així. Ho va fer també mirant-lo, sense dir-li res.

Tots dos germans tenien uns ulls molt expressius, un bon transmissor de sentiments. També ho eren els de la mare. La Maria havia caigut molt bé a la Laura, però era una dona turmentada per un passat familiar fosc, va intuir, i ella en volia conèixer el motiu.

Van deixar el Bru a la porta del psiquiàtric. Ella li va fer dos petons a la galta, càlida, colrada pel sol i l'aire lliure de l'època de quan la família era feliç i les coses no s'havien torçat encara. Ell li va somriure.

—M'alegra molt haver-te conegut, Laura, de debò. Ets estupenda —la mà a la cintura va torbar la Laura; la pregunta, també—. T'agraden els nenúfars?

—Doncs... no m'havia aturat mai a pensar-ho. Sí, suposo que sí. Ofereixen una imatge bonica i relaxant...

—Com un «oasi» de pau enmig d'un oceà agitat, oi?

L'ansietat de la pregunta requeria una resposta afirmativa. Va semblar que el «sí» de la Laura el tranquil·litzava.

—La Núria em va dir que la molestaven, els nenúfars. És curiós. Mai ningú no m'havia dit res semblant.

Va ser la primera revelació que el Bru li va fer de com havia anat la conversa amb la Núria. I va tenir la mateixa impressió que l'amiga: els nenúfars, aquelles plantes flotants de fulles verdes i brillants i ansioses de llum, semblaven tenir una importància cabdal en la vida del Bru.

—És tard, i demà cal matinar.

—Adéu, fill. Et vindré a veure dimecres, d'acord?

—I és clar. Quan vulguis.

Un Bru desvalgut i solitari es va quedar a l'entrada del psiquiàtric, veient com s'allunyava el cotxe. S'hi va estar força estona, allà dempeus, molt després que el vehicle desaparegués rere el primer revolt.

19

Trucaven al timbre amb insistència, i es va haver d'embolicar a corre-cuita el cap moll amb una tovallola abans d'anar a obrir la porta al visitant insistent. Era el pare del Julio. Si ella no l'esperava, ell va semblar tan o més sorprès de trobar la Laura.

—Ah! El Julio no hi és? Bé, no hi fa res, m'havia de donar uns papers, no deu haver recordat que venia a buscar-los, aquest despistat que tinc per fill, ja tornaré en un altre moment...

—Segur que no els hi puc donar jo?

—No, no sabràs on són.

—No s'amoïni —va insistir la Laura—, si em diu de què es tracta i no li ve d'aquí esperar cinc minuts, els buscaré perquè no hagi fet el viatge en va. Sé on té les seves coses.

–Són els papers de l'escriptura del local de l'empresa. Els necessito per a una qüestió relacionada amb la declaració de la renda. Ets molt amable...

La Laura va remenar en dues caixes de plàstic que sabia que contenien documents del Julio. Evidentment, mai no els havia fet una ullada. Va trobar una carpeta gruixuda amb dossiers de l'empresa, entre els quals hi havia els papers que volia el pare del Julio, i els hi va donar. Va deixar la resta de carpetes esteses per allà i va pensar que després ja les desaria.

—Gràcies, Laura; d'això... —en Martí va semblar que dubtava molt—: no hem tingut ocasió de xerrar gaire, d'ençà que ens coneixem. Ja t'ho vaig dir, crec, però t'ho reitero de tot cor: benvinguda a la família. Confio que aquest fill impacient i obstinat no et farà patir massa. No és un home fàcil.

—Això és el que m'agrada d'ell, Martí. Jo tampoc no sóc cap perla, ens avenim força. Gràcies! Potser un dia podrem xerrar amb calma, ara el veig una mica apressat.

Tenia raó. Volia entregar els papers al seu advocat abans que tanqués l'oficina. Van ser només uns segons, però la Laura va advertir també una expressió torturada en el rostre de faccions rodones d'aquell home aparentment tan centrat. Què li passava a aquella família? La placidesa no semblava ser moneda corrent en la vida dels Nebot. Hi havia un vel que ningú no gosava violar.

La Laura es va afanyar a desar els papers que havien quedat estesos fora la capsa mentre buscava els documents que interessaven al Martí. Un retall de diari va lliscar d'entre els fulls i va anar a parar als seus peus. Se'l va mirar sense donar-hi importància, fins que va veure la foto d'algú que coneixia, un rectangle petit amb el rostre de mida carnet del Bru Nebot. Gairebé per inèrcia, els ulls de la Laura van anar de la foto al titular que acompanyava la informació. «Troben el presumpte assassí de la Mònica Jané.» Dins el text, es parlava amb tot luxe de detalls sobre la detenció del Bru i la mort d'aquella desconeguda que, de sobte, penetrava en la vida de la Laura i li clavava les urpes a les entranyes. Què era, allò? El Julio, germà d'un convicte d'assassinat? I el Bru, de debò era un assassí? Ella feia poc que el coneixia, però no s'ho podia creure de cap manera.

La veritat és que aquella notícia, terrible, era la prova palpable de la falta de comunicació que la Laura advertia feia temps que existia entre ella i el Julio. S'estimaven molt, i ella havia cedit i renunciat en part a una mica de la seva independència professional —una mica massa, segons la Núria— per estar al seu costat més temps. Però la relació estava coixa i no entenia el perquè fins que, a poc a poc, va veure que el que passava era que el Julio es tornava cada cop més lacònic amb ella, com si tingués por d'explicar-li coses, d'obrir-se massa, com si el seu amor creixés amb la mateixa progressió que el temor a revelar-li determinats secrets per por de perdre-la.

Adonar-se d'allò li havia dolgut molt, perquè ella pensava que fins aleshores s'ho havien estat explicant tot obertament i sense embuts. Era com li agradava la relació amb un home: tal com raja.

Van passar moltes hores fins que el Julio va arribar a casa. Ella, que havia plegat abans de la feina perquè no aconseguia concentrar-se, va estar tot aquell temps a les fosques, només guiada per la lluminositat d'una lluna plena, rodona i rotunda que, esquivant múltiples obstacles, s'infiltrava pel finestral del menjador i il·luminava el racó del sofà on s'estava. Esperava el Julio en la posició amb què, sovint, ella i la Núria s'havien quedat reflexionant i xerrant de les seves coses fins ben entrada la matinada: amb les cames arronsades i el cap repenjat entre els genolls. Ara, però, temia l'espera. Volia parlar amb el

Julio per resoldre tots els dubtes i, sobretot, per espantar les seves pors. Però quan ell va arribar, i li va ensenyar el retall de diari sense dir res, només amb un retret mut als llavis i els ulls brillants, el Julio es va enfonsar a l'altre extrem del sofà amb les mans a la cara, i ella va intuir, amb dolor, que acabaven d'arribar a la recta final de la seva relació.

20

Al principi, la Núria no es va veure amb cor de confessar a la Susanna l'efímera aventura que havia tingut amb el Bru. No hauria sabut com explicar-li-ho. Tampoc no estava segura que ho entengués. A ella mateixa se li feia difícil comprendre què l'havia arrossegat fins als braços d'aquell home imprevisible. L'enyorava des que se'n van anar junts al llit aquella nit d'alcohol i confidències. Trobava a faltar els petons, les carícies, la conversa suau i reposada, el particular sentit de l'humor, la seguretat que li transmetia la seva presència, aquella proximitat envoltant.

La Susanna ho va acusar. Sentia, psíquicament i físicament, el distanciament de la parella. La coneixia bé, i sabia que alguna cosa no rutllava quan la besava i l'acariciava, encara que ella digués que no passava res.

Com era possible que l'enyorés tant? ¿Que el desitgés tant, encara? Que el trobés a faltar amb aquella intensitat dolorosa, amb una necessitat tan angoixosa? Per què aquell home l'atreia tant i els altres li provocaven nàusees? Era un home especial, d'això no hi havia dubte, però la confusió que sentia la pertorbava molt. La relació amb la Susanna va ressentir-se a conseqüència d'aquell neguit, i no podia fer res per evitar-ho.

Durant uns quants dies, va estar trucant a la residència. Com una adolescent enamorada, penjava el telèfon quan avisaven el Bru i aquest es posava a l'aparell. Ho feia només per sentir-li la veu, aquella veu greu i ben timbrada de l'home que la mantenia en suspens i que insistia a preguntar, inútilment, qui hi havia a l'altra banda del fil telefònic. Potser s'ho imaginava. Potser ja havia endevinat la identitat de l'admiradora secreta, però no es donava per al·ludit i es mantenia còmplice del misteri. La Núria sentia que la sang de les venes s'esverava quan l'escoltava. Va decidir que parlaria amb la Susanna. No la podia tenir en aquell suspens i l'aparent «no passa res» quan en realitat passava de tot. Però, abans, necessitava enfrontar-se amb el Bru, havia d'aclarir els seus sentiments i fer net en les seves idees.

El va anar a buscar. La van fer esperar molta estona en una saleta freda i impersonal al costat del despatx del director fins que aquest va sortir, circumspecte, es va treure les ulleres i la va mirar directament.

—Vostè no és familiar seu, oi? Miri, és que estem molt amoïnats. Hem estat esperant fins ara, però considero que ja és hora de posar-nos en contacte amb la seva família. El Bru Nebot va marxar abans-d'ahir a la tarda, acompanyat d'un xicot, i no ha tornat encara. No passaria res si no fos perquè quan els pacients surten a sopar i no tenen la intenció de tornar l'endemà, per regla habitual la família o els amics ens avisen.

—I no els ha trucat ningú?

—No, ara anàvem a fer-ho nosaltres. No la vull esverar; vostè és una amiga, no? Però estem preocupats, la veritat. No és gens habitual, això, gens ni mica. A més, aquests darrers dies el senyor Nebot estava molt alterat. Nosaltres havíem extremat la vigilància i vam demanar a la família que també ho fes.

La Núria va assentir. Era clar. Extremar la vigilància equivalia a dir evitar que fes un disbarat, com ara matar-se. Li va dir que truqués als pares, que ella ja s'encarregava del Julio. Ell es va mostrar sorprès i preocupat amb la trucada de la Núria. Trenta minuts després de parlar per telèfon, ell ja era al manicomi.

Quan acompanyats del director es dirigien a l'habitació del Bru per investigar qualsevol detall que els donés alguna pista, els van aturar dos malalts al mig del passadís. Un d'ells els va ensenyar, amb un somriure d'orella a orella i amb les dues mans esteses, la seva invisible màquina de fer diners. L'acabava de construir per fer-se milionari, va dir, acariciant l'aire al davant seu. Un altre els va posar la mà al cap i en ple deliri místic els va dir que intentaria salvar-los del caos final que s'acostava, però que, abans, s'havien de penedir de tots els seus pecats i cantar salms per espantar els deixebles del Diable que s'amagaven als soterranis de l'edifici. El camí pel passadís, amb l'angoixa al cor per la sort del Bru, semblava haver-se convertit de sobte en una carrera d'obstacles.

L'habitació estava intacta, endreçada i sense cap senyal que indiqués cap a on podria haver marxat el germà del Julio. La Núria es va estremir en veure l'austeritat que envoltava el petit món de l'home dels seus somnis. No hi havia cap clau ni res penjat a la paret, ni tampoc llums al sostre, no hi havia poms a les portes dels armaris, que estaven tancats amb pany; la claror de l'exterior arribava d'unes finestretes situades a la part de dalt dels murs, inabastables sense cap escala. A tot arreu on es dirigia la mirada es constatava l'eliminació física de qualsevol estri que donés ales i inspiració als candidats al suïcidi.

La Núria sentia que s'ofegava allà dins. Hauria usat l'arma dels desesperats, el Bru? No, va pensar, de cap manera. «El Bru no és d'aquells.» Ell no era tan covard per no saber fer res més que treure's la vida davant els problemes. No va veure, encara en un raconet del terra, una pastilla minúscula, rodona i groga, que havia anat rodolant fins a quedar amagada des del dia de l'última crisi, quan el pot de pastilles ple de petites càpsules va caure per terra mentre els infermers intentaven controlar el malalt model.

A fora, al carrer, l'oxigen també li faltava.

—On és la Laura?

—No ho sé —la mirada del Julio li va donar força informació sobre com estaven les coses entre ells dos.

—Què li has fet, malparit? —ell va moure el cap i va abaixar els ulls, però no va dir res—. Si pateix per culpa teva, et recordaràs de mi, cabró.

Per primer cop, ell no s'hi va revoltar. Es va fer el sord als insults, cec a la mirada feridora, insensible a la duresa de l'amiga enemiga.

—Ha marxat de casa sense dir-me on anava.

21

No hi havia volta de full. Era la recta final sense possibilitats de retorn.

—Em deixaràs per un engany?

La pregunta del Julio a la Laura era més que un retret. Tampoc no arribava a súplica, perquè el caràcter del Julio no s'avenia amb les súpliques... Era com una petició, o com un intent de convèncer la Laura que en feia un gra massa per un engany que no tenia res a veure amb l'amor que els unia. La va agafar per les espatlles i la va obligar a mirar-lo als ulls.

—Em deixaràs per un engany? Contesta'm. Val la pena trencar-ho tot perquè t'hagi silenciat una part de la meva vida que prefereixo oblidar? Digues.

Ella li va defugir la mirada.

—Sí —va mussitar sense aixecar els ulls del terra.

Sabia que no podria enfrontar-s'hi, ara, als ulls del Julio, ni a la força ni als arguments de la seva mirada... però tenia molt clar que calia posar punt final a la relació. Ella no podria fer com si res d'allò no hagués passat. Havia passat. I el Julio no ho havia compartit amb ella, no havia confiat en ella, no s'hi havia sincerat. Allò era important, per a la Laura. Tant o més important que l'amor, perquè era la base que ho sostenia tot, i aquesta base trontollava.

—Està bé –ell li va alliberar les espatlles de la pressió de les mans, que s'havia anat fent més i més forta—. Digue'm que vols trencar, però no em venguis motos com aquesta. Digue'm que estàs cansada de mi, o de la meva tossuderia, o de la meva manera de fer les coses, potser del tarannà dominant que tinc, o de la meva fòbia cap al lesbianisme de la teva amiga, o de tants altres motius..., però no em diguis que em deixes per un engany, Laura. Em costa de creure.

—Deixa'm sola, Julio. Necessito estar sola. Segurament m'hi hauré d'acostumar, ara, a estar-hi... I és que ara mateix, saps?, no suporto tenir-te al costat. El teu convenciment que estàs del cantó correcte i jo de l'equivocat m'ha acabat de decidir.

22

La Núria se'n va anar a buscar el cotxe sense preguntar-li res més. Va posar la clau de contacte rumiant on podria haver anat. On es refugiava quan les coses es torçaven? Hi havia un munt de llocs. Tots aquells anys de confidències havien construït entre elles una mena de xarxa secreta de punts de trobada, de llocs on acudien en funció del seu estat d'ànim. Va iniciar el recorregut als bars més retirats de la platja, però no la va trobar. El següent intent va ser l'encertat.

Era a El Ébano, un bar de mobles de canya situat a dins d'un parc que poca gent freqüentava. La va trobar en un raconet del local, il·luminat per un discret llumet groguenc amb un dit d'engrut, absolutament immòbil i amb la consumició, una caipirinha, intacta. Quantes decepcions, va pensar, quantes amargors, quants secrets i quantes esperances havien sentit, respirat i acollit, aquells mobles i els tarongers que durant les hores de sol donaven ombra a les taules.

La Núria va seure sense dir res. Després d'una bona estona, la Laura la va mirar amb els ulls brillants de llàgrimes però sense que li'n regalimés cap.

—Com m'has trobat?

—Tenim la nostra xarxa de llocs secrets, que no ho recordes?

—Sí, però, per què m'has vingut a buscar aquí? Com sabies que hi vindria? El Julio t'ha dit alguna cosa?

—El teu estimat cabró només m'ha donat a entendre que t'ha fet mal. Ja li he advertit que vagi molt amb compte, que li tinc jurada...

De nou, un llarg silenci.

—M'ha estat enganyant tot aquest temps.

—No em sorprèn d'ell. Amb qui?

—No és el que et penses —la Laura va sospirar, com si tingués una pedra molt pesada als pulmons que li impedís respirar—. No em va dir la veritat sobre el seu germà i els motius pels quals està tancat...

—El Bru? —ara va ser la Núria la que es va enfonsar a la butaqueta de vímet amb les mans trèmules i el cor desbocat. La Laura li va explicar com havia descobert els papers que revelaven que el germà del Julio era un presumpte assassí. Com havia estat esperant una explicació del Julio, i quant de dolor li havia causat el relat. Li va costar parlar, però un cop començada la història va fluir gairebé sola.

La Mònica Jené era una mala peça, d'aquelles persones que tothom recela de tenir al costat perquè te la juguen quan més t'hi confies. Treballava amb el Julio, era la vicepresidenta de l'empresa. El pare d'ell, el Martí, l'havia introduït en la companyia per tornar-li el favor a un amic, el pare de la Mònica. La veritat és que valia per als negocis, però no tenia escrúpols. El joc brut era innat en ella i formava part de totes les seves tàctiques. No s'entenia gens amb el Julio, però reportava beneficis a l'empresa i aquesta rutllava.

Al Bru li agradava la Mònica Jené, però ella el menyspreava. Hi jugava i s'hi comportava de la mateixa manera que amb els negocis: sense escrúpols. La sensibilitat del Bru i la seva minusvalidesa van acusar aquell tracte. Les visites que ja feia al psiquiatre es van multiplicar: de semestrals, van passar a ser mensuals, i de mensuals, a quinzenals. Al final, les visites es van convertir en un hàbit obligat els dijous de cada setmana, fins que el psiquiatre va citar el Julio i li va dir que el seu germà necessitava una atenció molt més personalitzada que ell ja no li podia donar: l'havien d'ingressar en un centre i oferir-li una assistència constant. Havien de redreçar el seu equilibri intern perquè estava caient en un pou sense fons. Quan el Julio li va dir que havia d'ingressar en un psiquiàtric, el Bru no ho va acceptar. Es va replegar més en ell mateix.

Fins aleshores, ell havia treballat amb el Julio a l'empresa. Duia un departament que no tenia gaire a veure amb el de la Mònica, però es trobaven sovint: a les reunions, a l'ascensor, al bar que hi havia al costat de l'edifici on era la firma. Ell l'adorava. Ella l'ignorava.

Un dia, la Mònica va temptar la sort més del compte. Va fer una inversió forta i va perdre. L'empresa va trontollar. El Bru sabia que de vegades ella feia joc brut amb els diners de la companyia, però, igual que el seu germà, mantenia una actitud permissiva, fins que les últimes operacions van abocar la firma a la fallida. L'únic que el Julio sabia abans que la Mònica Jené aparegués morta era que el Bru hi va anar a parlar, que van discutir molt i que ell va marxar molt enrabiat.

Van trobar el cadàver de la Mònica amb un cop al cap un dilluns al matí, a l'oficina. La policia va anar a buscar immediatament el Bru. Tenia esgarrapades a la cara, i al seu ordinador personal hi havia un e-mail de la Mònica demanant-li que la deixés tranquil·la.

Tot va anar molt de pressa, i després del judici el van tancar sense que tingués gairebé ni temps d'adonar-se'n. Des d'aleshores, el manicomi es va convertir en el seu refugi i la seva presó, en aquella gàbia des d'on el Bru veia transcórrer el tren de la vida sense esma de pujar-hi per escapar d'un destí que no li pertocava.

La Núria havia quedat glaçada. No s'havia mogut del seient mentre la Laura li relatava els fets. Va sacsejar el cap d'un costat a l'altre. No podia ser. No podia ser. El Bru no era cap assassí. Li va costar molt de parlar, i quan ho va fer, la veu li tremolava.

—Ell no ho ha fet.

La veu trèmula va espantar la Laura. Era aquella, la seva amiga? L'estoica, la dura, la incommovible Núria? Mai no deixava transparentar les emocions, les disfressava amb un vel d'insensibilitat que ara, tot d'una, es desarmava. Havia arribat tan lluny la relació amb el Bru? Potser era un sentiment egoista, però es va sentir una mica desemparada. Estava acostumada que la forta fos la Núria, i li costava assumir un possible canvi de papers.

—Anem.

Van passejar per la platja, en silenci, molta estona, confortades de sentir-se juntes.

—El Bru ha desaparegut.

La Laura la va mirar, molt estranyada. La Núria li va explicar tot el que li havien dit al psiquiàtric.

—Què ens passa, Laura? —la Núria va fer un rictus que pretenia ser un somriure—. Hem extraviat un amic acusat d'un crim gravíssim que tu i jo sabem que no ha comès. És això, al cap i a la fi. Però ens trobem totes dues com si hagués arribat la fi del món. Què ens està passant?

La Laura li va prémer la mà, li va passar els dits entre els cabells curts i li va acaronar la barbeta.

—Potser ens passa més del que ens creiem. Tu, tan convençuda sempre dels teus sentiments, has perdut el nord i t'adones que ets tan mortal i fràgil com la resta de nosaltres. I jo, doncs... m'he fiat molt d'una persona que m'ha fallat, que m'ha amagat una informació importantíssima en la seva vida, a mi, a la seva companya, a la dona a la qual se suposa que estima.

—Ja saps que no em desagrada la idea que vulguis tallar la relació amb el Julio —la Núria es va refer una mica i va dedicar un somriure trist a la Laura en fer-li aquell comentari—. Mai no l'he suportat, i si m'hi he comportat d'una manera diguem-ne correcta, ha estat per tu... Però, Laura..., no en fas un gra massa? Vull dir... t'ha enganyat, d'acord, però no de la manera que es mereixeria perquè l'engeguessis a fer punyetes. No t'ha posat les banyes, oi? O sí? I qui no ha dit una mentida important al llarg de la vida de parella? Pots posar la mà al foc?

—No ho puc acceptar, ho sento. S'ha comportat d'una manera molt falsa amb mi, i penso que em mereixia més confiança.

Va callar de sobte. Tenia unes ganes horroroses de plorar, i no ho volia fer davant de la seva amiga. La Núria no estava en condicions de consolar-la. Sentia com si tingués una pedra molt grossa clavada al cor, que convertia qualsevol moviment en un autèntic suplici. La Núria se li va posar al davant, amb els ulls plorosos i l'expressió alterada dels qui, efectivament, han perdut el nord. No la va refusar quan li va acostar la cara i li va fer un petó suau, gairebé imperceptible, als llavis. Sabia que no buscava satisfer el desig, no en aquell moment, només cercava el consol, cert i sòlid, de la dona que s'estimava, però sobretot, i en aquell moment, de l'amiga.

La Núria li va oferir casa seva perquè no hagués de tornar, aquella nit, a la que compartia amb el Julio. Ella va acceptar.

Van arribar a casa quan gairebé era l'hora d'anar a la feina. L'una, però, tenia molt clar que aquell dia no pintaria gens; l'altra, que els seus companys podien perfectament substituir-la i enllestir les gestions pendents d'aquella jornada.

La Núria va passar fregant l'ordinador sense adonar-se que l'havia deixat encès abans de marxar cap al manicomi. El salvapantalles va desaparèixer i una paraula va fer pampallugues a l'extrem dret superior de la pantalla. Tenia un e-mail, però no ho va veure. Al cap d'uns minuts, el salvapantalles va tornar a ocultar el missatge i el nom del remitent: Bru Nebot.

23

Han mort tots. La tieta del Joseph, els nebots, les dones que han fet la tertúlia amb la Núria i la Laura; totes, tret de dues, les més joves, que se les han endut enmig d'histèrics i inútils crits de resistència. A fora d'aquelles quatre parets humils també s'escampen els cadàvers. De fet, no hi ha racó cap on es pugui mirar que se salvi de l'Horror.

Fa molt de temps que la Laura sap que aquell malson existeix, però mai fins en aquell moment no s'havia imaginat que ho patiria en viu i en directe. Fins aquest dia, era un malson llunyà, aliè, i ella gaudia de tota la immunitat del món enfront de la brutalitat. Fins que s'hi ha volgut implicar. Fins que s'hi han acabat implicant, totes dues.

Ara, la barbàrie ha colpejat la petita aldea de la forma més insensata, amb l'absurda constatació que aquella bogeria no fa mal a ningú més que a la pobra gent que es converteix en víctima desafortunada dels botxins, en carn de canó, en el trist reclam d'una sagnia incessant.

Hi ha cossos pertot arreu, l'últim alè dels qui fins fa poc prenien el te, xerraven tranquil·lament dels problemes quotidians de l'aldea, veien passar el temps sense presses. Hi ha sang a les parets, a terra, a fora.

El Joseph no hi és, i la Núria tampoc.

El cor de la Laura s'encongeix presa dels pitjors presagis. Que estiguin vius, Déu, que estiguin vius! Se sorprèn, parlant en veu alta i mirant el cel, ella, la incrèdula, l'agnòstica. En aquell moment hauria donat la seva ànima per un senyal diví. Aleshores, recorda que en el moment de sentir els primers crits, el Joseph ha agafat la neboda més petita, Zahara, i se l'ha endut, probablement, per amagar-la. També recorda que a la Núria l'ha agafat un veí del poble, armat, com a ella, i que se l'ha emportat, confia també, per protegir-la.

Sent, lluny, remor de veus, de passes i de cotxes. Arriben homes d'uniforme, no sap si soldats o policies, a peu i sobre rodes. Van agrupant la gent per interrogar-la, i no ho fan amb simpatia. Separen alguns homes i se'ls emporten. També el Joseph. El seu guia ha aparegut amb la Zahara en braços. L'apunten les pistoles dels salvadors tardívols, que l'obliguen a deixar la nena i a pujar en un dels vehicles. Ell la mira un moment, alleujat de trobar-la amb vida enmig de l'immens dolor de la pèrdua de bona part de la família. La seva mirada interrogant sobre la sort de la Núria no obté resposta.

La nena té l'expressió garratibada de por. L'han deixat amb una dona que no para de gemegar, i els seus ulls d'espant són l'expressió viva de l'Horror. Les imatges que acaba de presenciar han sacsejat aquests tres anyets i li han malmès la innocència per sempre més.

De sobte, la Laura veu, encongit a terra, com un titella trencat que ha caigut en mala posició, l'home que s'havia endut la Núria, creu que per protegir-la. No hi ha ni rastre d'ella. Que estigui viva, Déu meu! L'home s'ha dessagnat d'un tall al coll. A la Laura se li accelera el cor i pensa que el món s'ensorra sota els seus peus quan veu el que l'home duu a la mà: el mocador que la Núria duia per cobrir-se el cap, un tros de tela elegant i discreta, ara arrugada entre les mans glaçades d'un cadàver.

Fins aleshores, ni la policia ni els soldats han reparat en la Laura. Quan s'hi fixen, tot són atencions, encara que entre ells discuteixen com si es responsabilitzessin de la presència inadequada d'una dona estrangera en aquest infern. A la Laura li sembla reconèixer algun dels soldats amb qui s'han topat durant els controls del viatge, i que després d'una primera resistència, no han posat impediments perquè continuessin la ruta un cop el conductor els ha col·locat un grapat de bitllets a la mà. Ara no diuen res, com si fos la primera vegada que la veiessin.

Li pregunten si es troba bé, si ha vingut sola, la nacionalitat. La retiren immediatament de l'Horror i se l'emporten cap a un hospital, per tenir-la vint-i-quatre hores en observació. Ella no s'hi resisteix.

No està ferida. No pateix físicament res greu ni incurable, només té una commoció terrible i una angoixa que no cessa pel que ha vist i per la sort de la seva amiga. Han enviat una persona de l'ambaixada, que després d'interrogar-la amb delicadesa la renya afectuosament per la gosadia d'haver-se desplaçat a una de les zones prohibides als estrangers aquella època.

Ella pregunta pel Joseph, se l'han endut els soldats i no n'ha sabut res més. L'home de l'ambaixada li explica que el guia té lligams amb alguns sospitosos d'estar vinculats als grups armats. Quins lligams? Bé, hi té un parell de cosins.

I això és motiu suficient per engarjolar-lo? No, no ha anat a la presó, només se l'han endut per interrogar-lo. Sí, la Laura ja s'imagina el to dels interrogatoris. Ella pot posar la mà al foc pel Joseph, si convé. Li diuen que no s'amoïni, que tot anirà bé, que ha estat terrible però que ara ha de procurar tranquil·litzar-se i pensar que aviat podrà tornar al seu país. I la Núria? Bé, faran tot el que puguin per trobar-la. Això és tot? Els mira, atònita, perplexa. Li estan dient tot allò de debò? Pretenen que es quedi a l'hospital fent repòs i no s'amoïni per res fins al moment de marxar? I tot el que ha vist? I la Núria? Li volen fer creure que ha estat un miratge? I és clar que no pensa marxar d'Algèria sense la Núria! Si no l'ajuden a buscar-la, ho farà ella sola, tant se val si la renyen com si no.

Demana que la portin fins on és el Joseph, ell l'ajudarà. Li diuen que encara està retingut, però per tossuda no la guanya ningú. Amb l'excusa que la seva ajuda és cabdal per trobar la Núria, aconsegueix veure el guia a l'ambaixada on la traslladen quan surt de l'hospital. No els deixen sols.

Al Joseph li sap molt de greu el que ha passat, no les hauria d'haver deixat quedar-se a l'aldea, diu. Ella li respon que no es preocupi, que no és culpa seva. Però quan li pregunta angoixada per la Núria, ell la mira amb una tristor intensa des dels seus ulls profunds. Li han colpejat la cara però resta impassible, habituat a la tragèdia quotidiana d'una vida difícil. Li estreny la mà entre les seves. És el primer contacte físic entre els dos. El Joseph, sempre tan discret, l'està tocant per primera vegada. Li ha deixat un paper entre les mans sense que ningú se n'adoni. «Busca Said a la casbah, vés al costat de l'home que ven dàtils, ell te'l sabrà localitzar.»

Se l'emporten una altra vegada a la presó. No es veuran en molt de temps, però ella encara no ho sap. Des dels terrats de les mesquites, els muetzins canten. És l'hora de la pregària, pels vius i els morts. En qualsevol cas, no hi ha lloc per als descreguts.

24

Suposo que deus estar molesta amb mi. No tant per haver-te seduït, perquè, al cap i a la fi, crec que va ser una seducció mútua, sinó perquè deus estar feta un embolic. Tu, una dona que s'entén amb dones, fent-s'ho amb un home i a més desequilibrat! Perdona'm la frivolitat, però també la franquesa. Potser ara maleeixes el moment de debilitat que vam tenir. Ho fas? T'asseguro que jo no. De fet, aquest e-mail és per dir-te això, que no em penedeixo gens del que va passar, i també per fer-te una confessió. Jo no em confesso gaire, la veritat, però una descreguda com tu —no t'enfadis— em provoca força confiança. Estic molt aclaparat des de fa dies. Em sento observat i no sé què passa. Els fantasmes em visiten constantment, més que mai, i no sé com espantar-los. Em pots ajudar? Imagina't que pateixes claustrofòbia i que et trobes paralitzat enmig d'un túnel, no cal que t'expliqui l'angoixa que això suposa. Crec que em volen fer més mal, i el pitjor de tot és que no en sé el motiu. Em vindràs a veure? T'envio un regal per acabar-te de convèncer.

El document adjunt al missatge duia una imatge, la d'un nenúfar gegant, blanc, esplendorós, que s'obria i es tancava envoltat de fulles verdes i brillants. L'e-mail tenia data del dia anterior a la desaparició del seu emissari. La Núria li va ensenyar el missatge a la Laura, que li va estrènyer el braç sense dir res. El telèfon va interrompre les seves reflexions. Era la Maria.

—Hola, Núria, perdona, busco la Laura, però a casa no contesta, i he pensat que potser seria amb tu. Hi haig de parlar, és important, que me la pots passar?... Com estàs, Laura? Suposo que molt dolguda amb el Julio, m'ha explicat algunes coses i... bé... que ens podríem veure? No, no pengis el telèfon, hem de parlar... Necessito parlar amb tu... Sí, ara et passo a buscar i anem a algun lloc a esmorzar. Que et va millor a la tarda? Bé, d'acord, et recolliré a les cinc.

La Laura no va tenir ni esma de menjar, ni de dutxar-se, ni de res més que no fos deixar-se caure al sofà extenuada i aclucar els ulls. Es va deixar tapar i acotxar per la Núria, que, també esgotada, es va arrossegar fins al llit i va caure-hi de través. No es va adormir, però. Pensava en la mare del Julio i en el que li havia de dir.

La Maria Salmerón estava molt alterada. Totes dues seien enfrontades en una diminuta tauleta rodona, al davant de dues tasses d'un cafè amarg que ja feia estona que s'havia refredat. La Maria tenia la mirada concentrada al fons de la tassa i semblava dubtar sobre com dir el que volia explicar...

—Em sap greu que t'hagis barallat amb el Julio, Laura. Ho està passant molt malament...

—Ell? I jo, Maria? És molt dur descobrir com t'ha enganyat l'home que estimes en coses tan importants de la seva vida...

La mare dels Nebot va sospirar profundament. Se li havien accentuat les ulleres, el front solcat d'arrugues que la feien de sobte molt més vella, i el rictus al voltant dels llavis —la línia de la vida, com anomenava la Núria aquell gest imperceptible—, es mostrava en el seu estat més cru i real.

—El Julio encara no t'ho ha explicat tot.

Van passar uns segons, eterns. La veritat és que la Laura estava tan esgotada que ja no podia fer res més que escoltar, gairebé sense capacitat de sorprendre's, però en això s'equivocava.

—A la Mònica Jené no la va matar el Bru.

La Laura no s'ho podia creure. Quantes sorpreses més li tenia reservada aquella família?

Les dues seguien mirant el fons de la tassa de cafè, com si no gosessin alçar la vista i enfrontar-se en un duel de sentiments incert.

–Veuràs, és... delicat. Va ser un accident. El Julio hi estava embolicat. Quan va voler trencar, la Mònica, despitada, no hi va estar d'acord. Van discutir. El Julio la va empènyer, ella va ensopegar i es va colpejar el cap... Va morir gairebé a l'acte... Tot va ser molt desafortunat... Tot això va passar l'endemà de la baralla de la Mònica amb el Bru.

Encara assimilant el que li acabaven de revelar, la Laura no es va poder contenir. Se sentia com si li haguessin bufetejat la galta. El Julio l'havia enganyat, per segona vegada. Havia estat ignorada i menyspreada per l'home que havia jurat mil vegades que volia compartir la vida amb ella amb la veritat per davant. Així doncs, el Bru no havia mort ningú. Havia estat ell! Com enfrontar-se, a allò?

—Si va ser un accident desafortunat..., per què li vau carregar les culpes al Bru? Com és possible?

—El Julio es va espantar molt, Laura. Molt. No t'ho pots ni imaginar. Feia dos dies, com aquell qui diu, que havia esbrinat les martingales de la Mònica a l'empresa. Estaven, a més, en un moment delicat dels negocis... Va pensar que no el creurien, que l'acusarien d'haver-la matat per despit, i també per tapar-li la boca i beneficiar-se del joc brut que ella havia fet en nom de l'empresa. Ho va parlar amb el seu pare i amb mi... i Déu em perdoni, hi vam estar d'acord.

Quin cinisme! Una bona idea, encolomar-li les culpes al Bru? Com podia parlar així la seva pròpia mare? Ella va semblar que li endevinava els pensaments.

—Entén-me, Laura. El Bru estava a punt d'ingressar al manicomi, això no es podia canviar, no hi havia res a fer, ja ens ho havien dit els metges. La malaltia degenerava per moments de manera irreversible. Ja no n'hi havia prou amb els antidepressius i amb els altres medicaments ni amb les visites al psiquiatre. El Bru estava molt, molt desequilibrat. La seva passió per la Mònica era certa i públicament coneguda, per això vam pensar que la policia creuria la versió del moment de bogeria i de ceguesa en sentir-se rebutjat. I no el podrien tancar a la presó, això era el més important!

—El més important? Més que demostrar que era innocent? Vinga, Maria, per qui em prens? El Bru és un home extraordinari, amb una força interior i una intel·ligència que no tenim ni tots nosaltres junts. El guariment potser és impossible, o potser no. Però el que sí és cert és que, condemnat en vida com ara està, és improbable que torni a ser mitjanament normal. Necessita la vostra confiança, i no la té. Necessita que hi cregueu. Us necessita! Fins i tot, segur que l'heu convençut que se senti culpable d'un delicte que no ha comès!

La Maria va tornar a abaixar la mirada.

—Ell creu que va actuar en un d'aquells instants en què diu que el persegueixen els fantasmes... És el que va confessar a la policia, tot i que no en recorda res, i ells el van creure.

—Però com és possible, Maria? Com és possible que hàgueu fet això al Bru? Ja em costa imaginar que el Julio s'hagi comportat així, però encara em costa més imaginar-te a tu... Ets la seva mare!

—També sóc la mare del Julio —va mussitar ella amb la veu tremolosa.

La Laura es va adonar que estava davant una dona desgraciada que ni havia sabut conduir la seva vida ni salvar el matrimoni ni adoptar les decisions correctes envers els fills. L'esforç de qualsevol raonament seria, va pensar, com una prèdica en el desert. La Maria intentava ser convincent, el problema era que ho feia sense gens de convicció en el que deia.

—El teu fill no ha tingut la valentia d'enfrontar-se a mi i confessar-me la veritat. Per què ho fas tu? Amb quina cara vols que el miri ara, sabent que ja m'ha enganyat dues vegades?

—T'ho he dit perquè et necessita, Laura. Necessita que li facis costat. I té por de perdre't si et diu la veritat. Sé que no em perdonarà que hagi vingut a parlar amb tu, però havia de fer-ho.

—El Julio ja m'ha perdut, Maria. Em va perdre molt abans de saber tota la veritat...

—No el deixis, Laura, no l'abandonis. No ara.

—No sóc jo qui ha fet anar les coses d'aquesta manera.

La Laura es va aixecar amb un gest sec i es va desprendre de la mà que intentava retenir-la. S'ofegava allà dins, i va sortir a corre-cuita, deixant sola la Maria davant la tassa de cafè, de sabor més amarg que mai.

Gairebé al mateix temps que la Laura sortia de casa la seva amiga per anar a la cita amb la Maria, la Núria feia el mateix per anar a una altra cita, aquesta no concertada.

El manicomi estava aparentment tranquil a aquella hora de la tarda. Les visites xiuxiuejaven amb discreció a l'altre costat de les portes de les habitacions. Al taulell de la infermeria, un auxiliar repartia el mannà diví entre els malalts que esperaven pacients el torn: racions de prozac, de haloperidol, de tegretol, i per als més nerviosos, etumina. A fora, algun passejava pel jardí, però la majoria que no eren a les habitacions es trobaven al cinema de l'edifici, veient la pel·lícula de la setmana.

Els pacients que va trobar la Núria mentre es dirigia a l'habitació del Bru deambulaven reflexius i amb les mans a les butxaques, immersos en les seves petites tragèdies personals, encomanats per la mandra d'aquella hora xafogosa. Des d'una porta mig oberta arribava la remor de veus, la d'un altre grup de malalts que discutien, durant la reunió de la setmana amb el metge de torn, quins serveis es podien millorar. Una insistia en el tema de les dutxes, un altre, en el del menjar, però les veus es van anar fonent a mesura que algú des de dins, a poc a poc, va anar ajustant la porta fins a tancar-la del tot. Al passadís, un altre malalt, el Maurici, es va arremangar el pantaló del pijama per mostrar-li a la Núria els genolls, escorxats de tants cops que s'hi pegava. També es va creuar amb un infermer i una pacient que ella recordava vagament d'altres visites. L'infermer preguntava a la dona com es trobava el Paquito i ella, la Mirla, li estava mostrant el colze amb un somriure impersonal i llunyà.

La Núria, amb la clau de l'habitació que li havia donat el director, va obrir la porta i la va tancar rere seu a cuitacorrents. S'hi va repenjar i va sospirar profundament, com si hagués travessat un túnel del temps ple de malsons i de fantasmes com els que acompanyaven tan sovint el Bru. Mai fins aleshores no havia tingut aquella sensació de neguit en visitar el psiquiàtric.

Amb la mateixa clau que li havia deixat el director va obrir l'armari, de contingut escarit i endreçat, i en va treure la bossa amb l'ordinador personal del Bru i un cable per connectar-lo. Normalment, els pacients encenien l'ordinador en una sala habilitada per a les activitats lúdiques, probablement a la cambra on el Bru va enviar el seu missatge. Amb la mateixa clau, la Núria va desbloquejar un endoll de l'habitació i hi va connectar l'ordinador. La pantalla reclamava la clau d'accés. Ella no va dubtar: «Nenúfar». No va passar res. «Accés denegat.» Va rumiar uns instants, i ho va tornar a intentar. «Paradisos.» Tampoc, la pantalla continuava impertorbable.

Va donar un cop d'ull al calaix de l'armari. Hi havia dues novel·les i una enciclopèdia sobre plantes i flors, i un cercle marcat amb llapis al voltant de la planta objecte de la seva devoció. Família de les nimfeàcies. Nom llatí: *Nymphaea alba*. Potser sí que el pressentiment arribava aquesta vegada a bon port. Va teclejar amb dits nerviosos el nom compost, i la paraula màgica va desbloquejar l'ordinador. El mateix nenúfar espectacular amb què l'havien obsequiat via e-mail va aparèixer esplendorós ocupant tota la pantalla.

L'*Outlook* estava minat de missatges rebuts i escassejaven, en canvi, els enviats. Entre aquests últims hi havia el de la doble confessió a la Núria: de passió i de neguit. La Núria el va evocar amb la força del sentiment correspost. Havia estat, superant el glaç d'un missatge sense contacte directe, la confessió d'un sentiment d'atracció sincer barrejat amb un pànic obscur i intangible envers els qui intentaven punxar la seva bombolla de seguretat.

El dia anterior a la seva desaparició, el Bru havia rebut uns quants e-mails, d'amics sobretot. Entre ells, en va veure un del Pol Gerard, el fill de la Verònica, l'actual dona del Martí. «Quedem per sopar? Ho tenim pendent des de fa dies», deia l'e-mail. Un lacònic «D'acord» del Bru va tancar la cita internauta. Era l'única pista del Bru des del moment que va sortir del psiquiàtric. El Pol n'havia de saber per força alguna cosa.

La Núria no el coneixia personalment, només per referències de la Laura, que sí que l'havia trobat de vegades en alguns dinars familiars. D'ell sabia que era un home introvertit, de poques paraules i nul·la ambició. La Laura també li havia explicat que el Pol Gerard havia connectat bé amb el Bru, i que la Verònica, que no es feia gaire amb el germà del Julio perquè la malaltia que patia el convertia per a ella en ciutadà de tercera categoria, o d'interès zero, curiosament veia força bé aquella relació.

La Núria no va enviar cap missatge al Pol perquè no hauria tingut la paciència d'esperar resposta. Tanmateix, no hi havia temps de jugar a internautes. El temps apressava. Va trucar a la Laura, li va explicar el que havia descobert i li va demanar que localitzés el Pol. La Laura li va dir, sense precisar res, que tenia novetats sobre la història del Bru.

25

Només obrir la porta de casa, la melodia de l'Eric Clapton se li va clavar a la pell, li va eriçar el borrissol i li va posar els ulls brillants. El Julio hi era, no hi havia dubte. Quan les coses no rutllaven, aquella música era el refugi de l'un i de l'altre, ni que només fos per recordar temps millors, quan tot anava bé i creien que la passió era un sentiment incombustible.

Estava assegut al sofà, amb les mans entrecreuades repenjades a la barbeta. Hi havia una bossa d'esport gran al seu costat, a terra. Del sac, obert, sobresortien algunes peces de roba mal llançades a dins, potser posades sense una autèntica voluntat de fer-ho. Eren les tres de la matinada, una bona hora, per què no, per fer les maletes.

—Estic recollint les coses; he preferit fer-ho abans que tu m'ho demanessis.

Li va acaronar la galta quan la Laura va seure al costat. Ella se sentia terriblement fatigada, però el contacte la va galvanitzar. Se l'havia estimat tant, el Julio, abans que li fallés!

—Què ens ha passat, Julio?

—Doncs... que se'ns ha escapat de les mans una relació que jo, almenys, creia que teníem ben lligada. És senzillament això, Laura. Potser ha estat culpa meva, per no haver-me comportat amb tu amb la veritat per davant, però confiava en segones oportunitats...

—Com pots posar tan convençut aquest «potser» al davant? Qui et sembla que n'és el responsable, d'aquesta situació? En tens dubtes? I no em vinguis amb la musiqueta de les segones oportunitats, Julio, que ja som grans per a aquests jocs...

Ell es va aixecar amb les mans a les butxaques, però amb els dits en moviment, aquell tic nerviós que tant havia amoïnat la Laura al principi i que després l'havia enlluernat. Ell mirava els prestatges, el petit món de detalls que tots dos havien anat omplint a mesura que engruixien el seu amor. El Julio, sempre tan serè, era pur nervi; ella, que el coneixia bé, ho advertia en la manera de moure's. Quan va tornar a seure al sofà la va abraçar. La volia seva però sense compartir els secrets de la seva vida. Per això estava a punt de perdre-la i no sabia què fer per impedir-ho. I aquella sensació l'estabornia.

—T'estimo tant, Laura...

«T'estimo tant»: tres paraules d'amor planeres, tan tòpiques i alhora tan carregades de sentit, de patiment i solituds, cada vegada que es pronunciaven! Els desenganys n'anaven plens, d'afirmacions com aquelles.

—Si m'estimessis tant, no m'hauries enganyat així.

Ell callava. De fet, no tenia arguments. A la Laura, però, li sabia greu parlar d'aquella manera, perquè sabia, per una part, que era injusta. Era conscient que el Julio se l'estimava molt. Potser per això sentia més dolor encara, com si li estiguessin burxant una ferida oberta.

El Julio havia estat responsable de la mort d'una dona. Havia callat, i havia permès que acusessin el germà, psíquicament molt inestable i, per tant, impotent per defensar-se. I aquesta part tan fosca de la seva vida l'havia silenciat a la persona amb qui compartia els seus dies. Com perdonar-lo? Potser el Julio no ho veia tan transcendent, però per a ella sí que ho era. La mentida no entrava en els seus esquemes, i menys si procedia de la persona estimada. A més, s'hi havia abocat molt, cap al Julio. Havia cedit terreny en l'àmbit personal, i en l'àmbit professional, per ser al seu costat tant com li ho permetessin les circumstàncies, i ho va fer, a més, sentint-se malament amb ella mateixa. El mínim que exigia a canvi era sinceritat.

—Et podria perdonar moltes altres coses —ja ho havia començat a fer—, però no l'engany, i tu ho saps, no aquesta mentida. M'has fet sentir molt miserable, Julio. Menyspreada. I crec que no em mereixia aquest tracte...

—És que no sabia com dir-t'ho, ni com reaccionaries.

—Ara ja és massa tard...

Es va voler desfer de l'abraçada però el Julio no la va deixar. La va estrènyer més fort, galta contra galta. Aquella pell aspra del dia que no tocava afaitar-se bullia, i a la Laura se li va alterar la sang en sentir el contacte. Que difícil era coordinar el cap i els sentiments, la raó i el dictat del cor. La voluntat s'esfondrava i la Laura va perdre el món de vista.

—Oh, Laura, deixa'm, deixa'm estimar-te...

Van ser les últimes paraules de què va ser conscient. Després, el regne de les sensacions ho va impregnar tot. Un esclat de colors, olors i sabors, una barreja d'èxtasi i de tristesa profunda. Allà, al sofà, amb una part de la roba arrencada i llançada al terra i la resta mal posada damunt els seus cossos brillants de suor i desig, van ser l'un de l'altre sabent, del cert, que era l'última entrega. I aquesta certesa va fer planar un punt d'amargor en l'instant suprem del plaer absolut.

Ja estava. Ho havien fet, però tot tornava a ser com abans i la Laura es preguntava, enrabiada amb ella mateixa, si havia valgut la pena deixar-se portar per aquella última espurna de passió. Sí que ha valgut la pena, li deia aquell cor tan disconforme amb el cervell que la renyava constantment per les seves sortides de to.

Ell va acabar de posar quatre coses a la bossa —la vida concentrada en tan poc!— mentre la Laura jeia al sofà sense dir res. El Julio li va tornar a acaronar la barbeta i li va demanar que no es quedés sola, i que anés a buscar la Núria. No va voler un últim petó. Encara li cremaven als llavis els que li acabava de fer. Va tancar la porta rere seu amb l'esquena i s'hi va repenjar, lliscant a poc a poc cap a terra, on es va quedar amb les cames flexionades i les mans entre les temples. Un munt de llàgrimes li regalimaven galta avall. Havia estat l'orgasme més intens i alhora més dolorós de tots, i trigaria molt de temps a oblidar-lo.

26

—Said?

L'home interpel·lat no s'immuta. Continua col·locant, amb parsimònia, els dàtils en rengleres perfectament ordenades de dotze en dotze, i va apilant, a la part posterior d'aquest particular exèrcit ensucrat, capses de cartró per encabir els fruits dolços que d'aquí a no gaire estona la gent li començarà a comprar.

—Said?

Aleshores, l'home acluca els ulls i repara en ella. El sol comença a clavar fort les urpes a les parades del mercat i als tendals i sostres més alts del bigarrat trencaclosques de la casbah. Els carrerons comencen a bullir d'activitat. Els venedors conversen a crits, se senten exclamacions de finestra a finestra, i la canalla, asseguda al portal d'alguna casa, riu preparant-ne alguna de grossa. La gent va i ve, algunes dones ja s'aturen a les parades per estudiar-ne el contingut, però passen de llarg de moment sense comprar res i s'afanyen per anar a resoldre abans la resta d'encàrrecs de la jornada.

—*Saïd?* —repeteix ell, mirant-la. L'home intenta balbucejar algunes paraules en francès; no hi està habituat—. *Oui, là-bas, demmandez à la femme.*

Li assenyala una dona silenciosa que ven tomàquets i que està asseguda en un tamboret baix rere la seva mercaderia, uns metres més enllà de la parada dels dàtils. La Laura s'hi acosta i fa la mateixa pregunta a la dona, que de sobte sembla despertar d'un somni i l'observa, encuriosida. Assenteix, murmura unes paraules a la dona del costat —potser li està demanant que li vigili el lloc uns minuts— i li indica amb un gest que l'acompanyi.

La Laura la segueix per carrerons i carrerons, cadascun més estret que l'anterior, fins a desembocar en una plaça minúscula amb quatre portes simètricament col·locades, les de quatre cases molt humils, en penombra, perquè la placeta està molt tancada i és impossible que el sol arribi fins a aquell racó.

Ella mira enrere. No, no l'han seguit. Li han posat vigilància, però ha aconseguit enganyar-los, encara que li ha costat. Sap que quan torni a l'hotel la renyaran, perquè, des del dia de l'Horror, li han prohibit que es torni a quedar sola. Li és ben bé igual.

Entren al pati d'una de les cases. S'hi està fresc. Hi ha una parella, un home i una dona, i un farcell a terra. Dos vailets, nen i nena, criden i es persegueixen pel pati. L'home s'eixuga la suor del front amb un mocador immens perquè, malgrat la penombra del pati, fa molta calor. La dona que ha acompanyat la Laura li murmura a cau d'orella «*Saïd*», assenyalant l'home amb la mirada, i se'n va.

Se saluden inclinant el cap. L'home és alt i fornit, d'espatlles amples i gest honest. Duu una barba acuradament retallada i ofereix un aspecte pulcre i educat. Ella li explica qui li ha parlat d'ell, i el motiu que l'ha dut fins allí. En alguns moments, el cant del muetzí és eixordador i ofega les seves paraules. El Said, però, l'ha entès perfectament. Reflexiona, seriós, mentre indica a la canalla amb un gest autoritari que s'estiguin quiets d'una vegada. Ordre impossible. La seva immobilitat forçada no durarà ni tres segons, semblen tenir pessigolles als peus, corren i riuen.

La dona, amb un somriure comprensiu, els agafa a tots dos pel canell i els obliga a seure amb ella en un racó allunyat del pati. Ell mira la seva dona i la bossa, i després la Laura. Creu necessari donar una explicació.

—És molt difícil controlar-los. Abans vivíem en un poble petit, més al sud, allà tenien camp per córrer, això d'aquí els sembla una presó —abasta amb el braç tot el que l'envolta.

La Laura reprimeix la impaciència. Ha de ser cortès i participar en la conversa.

—Sí, els nanos necessiten espai vital. I ara hi tornen, cap a l'aldea? —assenyala la bossa amb la mirada.

—No, anem a Tizi Ouzou. La meva dona és berber. Fa dos dies li van matar un germà. Anem a l'enterrament.

La Laura no sap què dir. Mira la dona, que assisteix en silenci a la conversa, amb els ulls posats a terra i les mans fermes retenint encara els dos vailets, sobtadament més submisos. La violència persegueix aquella pobra gent sigui on sigui. Sap que hi ha disturbis periòdics a la Cabília, però no comptava en aquell moment de conèixer-ne els efectes tan de prop.

—Em sap greu.

—Sí.

—I s'hi estaran molt de temps?

—Encara no ho sé. Potser ens hi quedarem uns dies. La veritat és que a la meva dona li anirà bé. Ella odia la gran ciutat, no li agrada gens viure aquí, a Alger.

El Said alça els ulls mirant al voltant i la Laura també. Aquell trencaclosques bigarrat i amuntegat que ella ha començat a estimar de vegades ofega, però desprèn tanta vida que és impossible no deixar-se enredar en la teranyina del seu particular encant.

—I com és que van deixar l'aldea?

—Bé... Em van matar una germana i un cosí, i vaig decidir que era temps d'agafar la dona i els nanos i marxar...

La Laura assenteix, sense gosar de tornar a donar-li el condol. Han fugit de la mort sense èxit, aquesta parella. Ara, la mort els reclama també a Tizi Ouzou.

Per un instant, la Laura es penedeix de l'opció triada per intentar trobar la Núria. Pensa si no hauria estat millor buscar directament la via legal i normal de les coses, deixar-se portar per la gent de l'ambaixada i pels funcionaris del govern i esperar els resultats. Aleshores, però, recorda la seva fe absoluta en el Joseph, la seva eficàcia en totes les gestions que li han encomanat, i el convenciment amb què ha escrit aquella nota: «Busca Said». I sap que si algú la pot ajudar a aclarir què ha passat amb la Núria, és ell.

El Said xiuxiueja unes paraules a la dona, i indica a la Laura que el segueixi. Ella refà el camí d'abans, passen per davant de la paradeta dels dàtils i s'aturen davant d'un cafè. El Said hi entra un moment, parla amb l'encarregat i surt de seguida. Continuen caminant fins a sortir de la casbah, i segueixen. Creuen la plaça dels Màrtirs —la plaça de nom omnipresent en totes les ciutats amb un passat històric farcit de batalles cruentes— i van fins als porxos de la gran avinguda que dóna al mar. El Said la fa esperar en un portal. Quan baixa del pis superior de l'edifici on s'han aturat es mostra circumspecte.

—Què passa? —la Laura, esverada, no s'adona que li acaba de posar la mà damunt el braç. L'angoixa li fa oblidar les normes i buscar el contacte càlid de l'interlocutor a què està acostumada.

—Ho sento. No són bones notícies. A la seva amiga se la van endur cap a les muntanyes els homes que van assaltar l'aldea. He parlat amb gent que ha parlat amb testimonis. No en saben res més.

La Laura no ho vol assumir, encara. Pensa que la Núria es pot haver amagat; o que pot haver escapat dels seus captors. O potser els està fent el joc, esperant el millor moment per fugir. No és capaç d'assumir un segrest, i menys la finalitat, que en qualsevol cas, sigui la que sigui, endevina esgarrifosa.

Ella observa el Said, i malgrat les pèssimes notícies sent un corrent de simpatia cap a ell.

—Per què m'ajuda?

—El Joseph és un bon amic. Ell em va ajudar també quan jo era a la presó. Em van acusar de connivència amb els grups islàmics armats. Tot mentida. Però, al meu país, qui no està amb els que manen està contra seu. No accepten les posicions intermèdies, neutrals. Tot ha de ser blanc o negre, no existeixen els matisos grisos. És trist, però és així. El Joseph també ha tingut problemes pel mateix motiu.

Tots dos miren ara en silenci el passeig, i el mar, allà al fons. Més enllà de l'horitzó, la porta de les oportunitats per a molts dels de l'altra banda, la clau d'Europa, la via per fugir de la misèria i d'una espiral de violència sense fi. Per què? Per què elles han anat de dret a l'ull de l'huracà d'aquella violència que tothom defuig?

El Said la mira fixament als ulls.

—Torni a l'ambaixada, senyoreta, faci'm cas. Expliqui el que sap, però no doni el meu nom. Ells sabran què cal fer —ara és ell qui li posa la mà damunt el colze—. El que no puc garantir-li és que trobi amb vida la seva amiga, ho sento.

La Laura sent que el món li cau al damunt quan li obren les portes de l'ambaixada. És com admetre que ha fracassat en l'intent de recórrer a les vies pròpies alternatives per localitzar la Núria. I el reconeixement d'aquesta impotència és una llosa que li aixafa el cor. L'angoixa per la sort de la Núria esdevé evidència. Ha de demanar ajuda, ajuda oficial. No se n'està sortint ella sola.

A l'ambaixada l'escolten amb el posat greu. Quan l'encarregat de negocis —l'ambaixador és absent— despenja el telèfon per parlar amb la gendarmeria de Medea, la Laura sent com li regalima una llàgrima, una de sola, que li crema la galta. A fora, el muetzí torna a entonar la crida a l'oració, i ella, la descreguda, es posa a resar en silenci.

2 7

La Núria i la Laura es van reunir amb el Pol en un bar del xamfrà de l'edifici on el Julio tenia l'empresa. El Pol coneixia bé el local i també l'immoble. Ja feia uns quants mesos que treballava a la companyia en feines auxiliars, per anar prenent el pols al que el Martí, el seu padrastre, considerava que havia de continuar sent un negoci conduït per la família. Ho feia a contracor, però sabia que hauria de ser així i que no podria ser d'una altra manera, d'acord amb l'aprenentatge accelerat dels últims mesos a què l'havien sotmès.

Certament, el fill de la Verònica era un noi introvertit. Tenia els cabells molt curts, les faccions pàl·lides i els pòmuls angulosos. Era més prim i més jove que el Bru, i força més reservat, molt més que el Bru en les seves pitjors etapes, aquelles en què es tancava amb clau en el seu món i no hi havia manera de treure l'entrellat del que sentia, volia o pensava.

Elles, però, malfiades de mena, estaven convençudes que el silenci del Pol, o la seva discreció, era en realitat omissió voluntària d'informació. Creien, en definitiva, que els amagava el que sabia sobre la nit que va desaparèixer el Bru. El Pol havia acceptat la cita amb la Laura i la Núria sense reticències. Coneixia la Laura i li queia bé.

—El Bru és molt bon paio. I molt divertit, quan té el dia ocurrent.

—Ho sabem —la Núria recordava les vetllades inoblidables de tots tres els primers diumenges de cada mes senar—, però estem preocupades i —va mentir—, com que ens va explicar que havia quedat amb tu per sopar, pensàvem que potser sabries on el podríem trobar.

—No en tinc ni idea. No va voler que l'acompanyés en cotxe, deia que preferia caminar, que necessitava airejar-se... —Va rumiar uns instants abans de continuar—. De tota manera, quan ens vam acomiadar, algú li va trucar al mòbil. No sé qui era, però sí que sé que aquella nit el Bru no estava en el seu millor moment. Estava molt deprimit, i tot i que el vaig intentar animar, no me'n vaig sortir... Som amics, però amb mi no té prou confiança per explicar-me segons quines coses.

Això últim ho va dir una mica dolgut, com si ell, una persona amb dificultats per relacionar-se, aixequés sense motius recels per a qualsevol confessió en un dels pocs amics que tenia.

No en van treure l'entrellat, amb el Pol. Realment, semblava del cert que no tenia ni idea d'on era el Bru en aquell moment. Després d'aquella conversa, van quedar molt desorientades i sense saber cap a on dirigir la seva atenció.

Quan es van quedar soles, la Laura va explicar a la Núria tot el que li havia confessat la Maria. L'amiga es va quedar atònita i indignada, a parts iguals. Sempre més forta que la Laura, però, no va deixar entreveure res de tot el que sentia, que era molt, intens i desendreçat al cor i al cervell.

—Com és possible que la família s'hagi comportat així amb el Bru? —Va mirar la Laura, la va agafar de la mà—. Ho deus estar passant fatal, oi, bitxoneta? El teu estimat Julio te les està fent passar magres...

—Ell no és cap assassí, Núria. Va ser un accident desgraciat. Però no li perdono aquesta mentida, no li ho puc passar per alt. He acabat amb ell, definitivament. Em pensava que el coneixia bé, però això que no tingui pebrots per enfrontar-se als fets i actuar en conseqüència... Senzillament, és un covard.

—Doncs a veure si ara en té, de pebrots, per aturar la teva mala llet —la Núria parlava amb rancúnia. No podia suportar que fessin patir la Laura—. Ja s'ho trobarà.

La Laura va sacsejar el cap. Es volia desprendre d'aquell record, l'amarga constatació d'una relació espatllada.

—I... saps? Tornant a això del Bru, penso a més que han posat damunt les seves espatlles una càrrega afegida que jo crec que l'ha acabat de desequilibrar per sempre més. Quan intueixo que potser es podria haver salvat, amb dedicació i confiança... És important que trobem el Bru. Hi hem de parlar. Tinc por que faci qualsevol ximpleria... —Va mirar els ulls tristos de la Núria—. Ai, ai, això del Bru t'ha agafat fort, eh?

—Ja apareixerà, no n'hem de fer un gra massa.

—No, no, si jo em refereixo a l'altre assumpte —va estrènyer el puny contra el cor—. I la Susanna, com s'ho ha pres? Ho sap?

—Sí, és clar. No li he dit res, però ho sap.

La Susanna va entrar en aquell moment al cafè. Ni la Núria ni la Laura van semblar sorprendre's de trobar-la. Tant la Núria com la Susanna freqüentaven molt aquell bar, perquè estava a mig camí entre els estudis de l'una i de l'altra. La Susanna es va aturar seriosa davant la taula on encara hi havia les dues tasses del cafè fred que ja no tastarien.

—Hola, Laura, com estàs? —sempre tan correcta, la Susanna; la processó anava per dins—. D'això, Núria..., podem veure'ns al migdia per parlar? A les dues? Molt bé. No, millor a casa. És important, i no ho puc ajornar més temps. Ja t'ho deus imaginar.

—I és clar. Fins després.

Quan la Susanna va marxar, no van passar ni cinc segons que la Núria ja es va posar dempeus.

—Perdona, Laura. Necessito passejar, estar sola. Vull rumiar bé què li dic a la Susanna. Truca'm al mòbil si saps alguna cosa, d'acord?

La Laura no va tenir temps de dir gairebé res. L'amiga es va aixecar d'una revolada i va marxar a passejar sense rumb. La Núria estava feta un embolic, sobretot des que va haver d'admetre que estava enamorada del Bru. No sabia què diantre havia passat, però el germà del Julio havia minvat totes les seves defenses antimascle i l'havia deixat sentimentalment estabornida. No entendre què passava l'empipava i l'amoïnava molt. Va sospirar, traient-se les mans de les butxaques per pujar-se les solapes de la caçadora. Començava a refrescar. Després d'un matí esplèndid, núvols foscos i espessos havien pintat del mateix color gris la ciutat i els seus sentiments.

Tots aquells anys de lesbianisme sincer i sentit, honest i autèntic, havien estat una fal·làcia? L'havien atret en realitat sempre els homes, però la combinació del destí i d'algunes experiències nefastes l'havien abocat cap al cantó contrari, fent-la creure que era la seva inclinació natural? O senzillament el Bru li havia fet descobrir aquella nit la seva condició bisexual?

I ara, què? Tenia molt clar que el que sentia pel Bru l'obligava a tallar la relació amb la Susanna, per honestedat cap a la seva companya i cap a ella mateixa. Però potser era l'únic aspecte que tenia clar. La resta, pel que feia als seus sentiments, era de confusió total.

Es va tapar els ulls amb la mà i es va passar el palmell per la cara. Com li agradaria fondre's, en moments anímicament tan complicats com aquell, amb quant de gust es deixaria portar per algú altre més fort que decidís el com, el per què i el quan de les coses. Ara mateix anhelava estar refugiada en els braços del Bru i no pensar en res més que no fossin les seves carícies, i ajornar per a l'endemà totes les preocupacions.

La Laura la va localitzar per telèfon quan era camí de casa per parlar amb la Susanna. Li tremolava la veu.

—Han trobat el Bru. És mort. Ofegat al llac del jardí del psiquiàtric. Núria, em sap greu. Jo no sé què en penses tu, si és que ara ets capaç de pensar amb coherència alguna cosa, però estic segura que no ha estat un suïcidi.

28

A la sala de sortides de l'aeroport d'Alger, els altaveus criden amb insistència un nom en àrab. Després, canvien la cantarella i anuncien, primer en àrab i, a continuació, en francès i en anglès, la sortida del pròxim vol. És el seu. La claror esvaïda que despunta damunt els terrats de les cases llunyanes confirma que és molt aviat. L'escalfor del sol encara és tèbia i els raigs no cremen, només llisquen mandrosos damunt d'aquell petit bocí de món turmentat que es neteja les lleganyes per iniciar una nova jornada.

Hi ha molt tràfec humà. Homes amb vestits occidentals o amb gel·labes s'apressen cap a les portes d'embarcament dels vols corresponents. Una amalgama de dones amb vestits de coloraines i amb pantalons fan cua per facturar les immenses bosses o els maletins que porten. A l'oficina de canvi hi ha poca gent, i l'encarregat sembla absolutament concentrat en el paper on té enfonsat el nas. Potser dorm amb els ulls oberts, o potser es troba a anys llum de distància d'aquell despatx minúscul on les hores passen amb desesperant lentitud. Els taxistes, a l'espera de clients, passegen per la sala amb les mans a l'esquena o fumen repenjats en alguna de les columnes del porxo exterior de l'edifici de l'aeroport. La Laura creu identificar el taxista que les va abordar quan van arribar a Alger fa tres setmanes i que es va esfumar quan es va acostar el policia a ensumar quines intencions tenia. Ell la mira, però no la reconeix.

Marxar sense la Núria li provoca un dolor tan agut que hi ha estones que li falta l'aire. No l'han trobat encara, però ja li han advertit que es prepari per al pitjor, perquè pràcticament no hi ha esperances que el desenllaç sigui bo.

Recorda la mà de la mare del Joseph a la galta després de vèncer la primera reacció de timidesa, o de respecte, que la feia mantenir-se a distància. Ha insistit d'anar a casa del Joseph, per acomiadar-se de la família i tranquil·litzar-los, perquè l'ha vist, els explica, i està bé, no s'han d'amoïnar.

L'esposa del guia l'escolta en un segon terme, amb el cap baix i les mans estretes nerviosament l'una contra l'altra. Els nens són al costat de l'àvia, i paren l'orella sense entendre res.

Quan la Laura li explica que ha perdut la Núria, la Naida l'abraça i li fa un petó a la galta. Ho lamenta molt, era una noia encantadora. I és sincera quan ho diu. Després és la Laura qui l'abraça per consolar-la, perquè el record d'una pèrdua en porta d'altres, i la Naida plora en recordar la seva germana i els altres que ja no hi són.

Dos dies abans d'anar-se'n, rep moltes trucades. El Julio, molt preocupat per ella, li insisteix que està disposat a enviar el seu pare per recollir-la. Ell, li diu, per raons òbvies, no hi pot anar. Li costa convèncer-lo que no ho faci. No té cap ànsia de trobar-se amb coneguts, en aquell moment. La Susanna, plorosa, li pregunta per la Núria, però cap consol no és possible. Els companys, la mare, tots li fan saber que els té al costat, en la distància. No té, però, gaires ganes de donar més explicacions a ningú de res. Cada cop, també, es torna més lacònica amb els seus amfitrions de l'ambaixada.

Núria, Núria. Dolorosa absència. Contundent absència. T'has deixat arrossegar per les meves estúpides ànsies d'anar a contracorrent, i n'has pagat les conseqüències.

Fa aquestes reflexions mentre és a l'hotel recollint les seves pertinences i les de la Núria. Per un moment, pensa si no faria millor deixant les coses de l'amiga. Està temptada de fer-ho. Segur que torna, pensa. Que ho reculli ella.

La negació de l'evidència, que en dirien els psicòlegs. On ets, amiga, i on seràs a partir d'ara? No m'imposis la teva absència la resta del que em queda de vida. Sóc egoista, ja ho sé, però no crec que ho pugui suportar. Dóna'm la sorpresa, contradiu com sempre tots els pronòstics, i torna. Demostra'm que és mentida aquest convenciment que vaig tenint cada cop més ferm que el viatge de plaer que vam començar ha esdevingut una maledicció.

T'estimo massa per suportar la teva mancança. Ja saps que no és un amor com el que tu voldries, en cos i ànima, però és sincer, i ferm, i entregat. Ai, Núria, com puc tornar sense tu. No sóc capaç d'enfrontar-me a la solitud sense el Julio i sense tu alhora. Serien massa pèrdues concentrades en poc temps. I què els dic a tots i, sobretot, a la Susanna. Una Susanna a la qual, a més, encara li deus explicacions, perquè em sembla que els raonaments que li vas plantejar no van sonar prou convincents. Suposo que tampoc no sabies ben bé què dir-li, oi, bitxoneta?

La Laura mira la badia d'Alger des del balcó i sospira. Que n'és, d'amarga, la vida, de vegades. Van pensar que havien arribat al paradís, quan van veure per primera vegada els llums de la badia il·luminant un horitzó farcit de mina-rets. Van pensar que ja hi eren, quan van estar a punt de tocar amb la punta dels dits les estrelles, allà al desert. Ara, s'imposa la certesa absoluta que tota aquella bellesa va ser, només, un miratge.

29

Al Bru el van trobar surant al llac artificial del jardí de l'hospital. No va ser fins que van netejar el llac —ho feien dos cops per setmana— que el van descobrir. Presentava el cos desmanegat, i la cara mig oculta per les fulles dels nenúfars que tant li havien agradat en vida. Alguns pètals se li havien quedat enganxats com una sangonera a la galta deformant-li les faccions. Feia vint-i-quatre hores que era a l'aigua quan el van treure, i ningú al manicomi no havia vist res del que va passar. Aparentment, s'havia ofegat, però faltava el resultat de l'autòpsia per tenir-ne la confirmació oficial i també l'explicació de l'asfíxia, perquè, òbviament, el llac tenia una fondària mínima per evitar, precisament, accidents d'aquell tipus, fossin voluntaris o involuntaris.

Tot això ho van saber per la policia a comissaria, on van anar per reunir-se amb el Julio. La Laura, que el coneixia bé, el va trobar absolutament enfonsat, sense la màscara de l'aparença estoica de les situacions difícils. Estava tan destrossat que va ser ella qui va prendre el control de la situació i qui va suggerir a la policia fins on podien tibar del fil en aquell moment.

Els agents els van fer un munt de preguntes sobre el Bru i els seus hàbits. La Núria, visiblement molt afectada, ara sí, no entenia com el Bru es podia haver acostat tant a la vora del llac fins a caure-hi o llençar-s'hi voluntàriament. No comprenia com, si havia caigut, no havia lluitat després per sortir-se'n, com s'havia deixat ofegar, en definitiva. El germà del Julio sentia autèntic pànic per tot allò que suposés més de quatre gotes d'aigua juntes. S'angoixava davant els mars i els oceans, però també davant els rius, els llacs o els tolls. Era un terror inversament proporcional a l'atracció irresistible que li produïen les plantes reines de molts d'aquells llits aquàtics. Sentia autèntica dèria pels nenúfars.

Havia intentat agafar-ne un i havia caigut marejat sense possibilitat de recuperar-se ni demanar auxili? S'hi havia acostat deliberadament? Què va passar pel seu cap en aquell moment? És possible que algú l'empenyés? Potser algun pacient malalt? O algú de fora? Feia temps que el Bru estava alterat. Feia l'efecte que se sentia perseguit, assetjat; ell deia que pels fantasmes, però algú de carn i ossos devia estar al darrere d'aquell neguit.

Van dir que ja els avisarien quan tinguessin feta l'autòpsia. La Laura va dubtar un instant sobre què fer: si acompanyar el Julio, ensorrat, o la Núria, més sencera però també estabornida per la tragèdia. La mateixa Núria li va resoldre els dubtes quan anaven cap al cotxe.

—Vés amb ell, Laura. Està fet pols. Al cap i a la fi, era el seu germà, i no deixa de ser l'home que has estimat i que de ben segur estimes encara, malgrat que tot s'hagi acabat. No et preocupis, estaré bé.

El silenci dels morts es pot arribar a convertir, de vegades, en el crit de denúncia més estrident. La Laura estava convençuda que el Bru, des d'allà on fos ara, intentava cridar el nom de la persona que l'havia precipitat cap aquell final de foscor infinita. Potser ara descansava en pau, després de tot. Però aquella interrupció brusca de la vida no podia quedar sense explicació. I a la Laura no la convencia la confirmació oficial de la mort per ofegament, possiblement, deien, un suïcidi. Tots en tenien prou, amb aquella versió? Punt i final? Ella no hi estava d'acord, i procuraria, encara no sabia com, demostrar-ho.

El Bru era un home ple de vida. No havia trobat mai l'equilibri interior necessari per sentir-se bé amb ell mateix, però era un ésser vital. Les dues amigues, sobretot la Núria, havien advertit reiteradament els esforços intensos que havia fet per buscar una via que el connectés amb la resta dels mortals, un nexe d'unió amb el món de l'altra banda, el normal, el que només aprofitava plenament quan sortia de la seva urna de cristall per anar a dinar o a sopar amb la família o els amics i les amigues.

Els costava molt d'assumir que el Bru s'hagués matat sense que ningú l'induís a fer-ho; però qui, i per què? Qui li volia cap mal? Qui podia haver-li desitjat la mort? La Laura va pensar si al cap i a la fi no seria millor rendir-se a l'opció confortable, asèptica, de la tesi del suïcidi, i punt.

El Julio va acceptar la companyia de la Laura però no va voler anar a casa. Es van dirigir a l'antiga casa dels pares, la que ara ocupava la Maria sola. Hi eren tots dos, la Maria i el Martí. L'absència de la Verònica brillava amb llum pròpia. El Martí li va explicar a la Laura, quan no la sentia la Maria, que la seva dona havia preferit quedar-se a casa tot i la pena i el desig de fer-li costat en aquell moment.

—Ella i la Maria s'odien a mort —va comentar-li— i la seva presència aquí, a la que ara és la casa de la meva exdona, no hauria calmat precisament les coses en un moment tan delicat. Tot i que, tingues-ho en compte, ella també ho està passant fatal, pobra. S'estimava molt el Bru.

Al Martí se li van tornar a posar els ulls plorosos —ja els tenia enrogits de dolor— i se li va trencar la veu. En pocs dies, l'home havia envellit un munt d'anys. Aquell matrimoni ensorrat es retrobava ara, les mans agafades i els rostres consternats, per fer front a una tragèdia que no comprenien. També eren els desencadenants, però, d'una altra tragèdia, ara superada pels fets: la que havia condemnat en vida el fill petit. La Laura els va donar el condol a contracor.

—Martí, Maria, em sap greu —els va fer un petó i els va estrènyer les mans, sense saber ben bé què més podia dir. Odiava donar el condol a la gent que acabava de perdre un ésser estimat. Era obvi que els envoltava el dolor. Era obvi que ella ho lamentava molt. Tot era obvi i, tanmateix, aquelles paraules buides volaven ja per omplir un espai incòmode, el del silenci angoixós dels records, el de l'absència, en definitiva.

El Martí i la Maria semblaven a la Laura, en aquell moment, dos nàufrags a la deriva sense una platja on resguardar-se del temporal. Li va semblar que se sentien culpables d'haver enfonsat el Bru en aquell pou negre sense calcular-ne les conseqüències. No seria ella la que els tragués del damunt aquell sentiment de culpabilitat, estava dolguda amb ells per la forma com havien tractat el Bru; doncs que patissin.

Després va observar el Julio. S'havia afluixat el nus de la corbata i estava assegut en un dels sofàs, el cap enrere amb els ulls clucs, despentinat i demacrat, ben lluny de la imatge de guanyador de quan es van conèixer. En el fons, va pensar, era el seu germà i se l'estimava. I devia estar patint molt mentre esbrinava qui li havia fet allò al Bru, encara que la seva desaparició comportés una amarga victòria, perquè aquella història tèrbola, ara sense el Bru, va pensar ella, potser s'aniria diluint en el tel difús dels oblits impossibles...

Quan va sonar el timbre, tots es van aixecar d'un salt, com si els hagués sacsejat el cos un corrent elèctric. En obrir la porta, el Julio es va enfrontar amb la presència de dos agents de policia de gestos correctes però decidits. Abans fins i tot que obrissin la boca, el Julio, que havia empal·lidit, ja va semblar que endevinava el que anaven a dir.

—Julio Nebot? Li hem de demanar que ens acompanyi a comissaria. És sospitós de la mort de la Mònica Jené. Té dret a estar en silenci i a no respondre a cap pregunta si no és en presència del seu advocat. Tot el que digui pot ser usat en contra seva...

La Laura ja no va sentir les últimes paraules del policia perquè va perdre el món de vista. Ja no va veure com el Julio s'acomiadava del pare, amb una mirada que semblava explicar-ho tot. Tampoc no va veure com s'abraçava en silenci amb la mare, ni com li feia un petó a ella, només fregant-li el front, ni com agafava la jaqueta, amb un gest d'esgotament immens. Quan es va despertar, el Martí intentava ventar-la amb una revista i la mare li posava un got d'aigua als llavis.

Els va apartar amb un gest. L'interrogatori mut de la Laura no obtenia resposta, fins que la Maria va trencar l'espès silenci que omplia la sala.

—Explica-li-ho tot, Martí, té dret a saber-ho. Al cap i a la fi, ja sap tot el que va passar amb la Mònica.

—Des d'aquell dia desafortunat —el Martí ho va començar a relatar en un to molt baix, gairebé xiuxiuejant— se'ns ha anat afegint una desgràcia rere l'altra. El dia que va morir la Mònica Jené, algú va sentir la discussió entre ella i el Julio. Un dels dos va deixar sense saber-ho l'intèrfon de damunt la taula del despatx obert, i la persona que hi havia a l'altre costat va enregistrar tota la conversa. Després, ens van fer xantatge. Havíem d'anar pagant quantitats regulars si no volíem que aquella cinta anés a parar a mans de la policia. Fins que un dia, el comunicant anònim va desaparèixer i no va tornar a donar senyals de vida mai més. Vam intuir, i ara el que està passant confirma les nostres aprensions, que alguna altra persona que s'havia assabentat, no sé com, del que passava, havia ofert al nostre xantatgista un bon preu per la cinta i pel seu silenci definitiu. Però la cinta, al final, sembla que ha arribat a mans de la policia, que els acaba d'arribar, vaja. Justament en el moment més desgraciat...

Els pensaments de la Laura corrien més de pressa del que volia expressar amb paraules.

—I ara què passarà amb l'empresa, si el Julio queda incapacitat per dirigir-la?

El Martí va trigar molt de temps a respondre, absort, i quan ho va fer, va defugir la mirada de la seva exdona, com si li sabés greu parlar de temes delicats com aquell en presència seva.

—Si cap dels meus dos fills no se'n pot fer càrrec, la responsabilitat passa al Pol, fins que jo no decideixi el contrari. Em va costar molt convence'l que acceptés el repte si mai passava res que ho fes necessari, com és el cas. El Pol, un bon xicot, és tímid i li falta l'empenta del Julio, però se'n pot sortir amb un bon assessorament. I jo crec en la família —va mirar de reüll la seva exdona mentre ho deia, com esperant el regany que no va arribar.

Pel cap de la Laura estaven passant a mil per hora un munt d'idees sense gaire ordre ni concert, que van començar a prendre forma quan la Núria la va trucar per telèfon.

—Tinc notícies. M'ha trucat el Pol. La seva mare es va veure amb el Bru la nit que va desaparèixer, després que ells dos sopessin plegats —era una Núria molt serena, la que l'estava posant al corrent de les novetats—. Ell està molt espantat. M'ha explicat que fa pocs mesos el Martí li va anunciar que el situaria al capdavant de la direcció de l'empresa en cas que passés res que ho fes necessari. Ell no s'hi veu amb cor, però em sembla que no gosa contradir la seva mare... —Ho va dir tota accelerada, sense pausa per respirar. Després sí, va deixar dos segons en blanc, només dos—. Penses el mateix que jo? De moment, un dels Nebot ja ha deixat el camí lliure...

—...I l'altre és a comissaria. Ja li han encolomat la mort de la Mònica Jené. Hi ha una cinta que comprometia molt el Julio, ja t'ho explicaré quan ens veiem. Sí, crec que coincidim sobre qui pot estar al darrere de tot això.

—De vegades va bé ser malfiada de mena —la Núria va canviar el to de veu, i el va rebaixar, xiuxiuejant com si tingués por que algú la sentís—. Com estàs? Ens veiem?

30

Ja fa hores que la Laura ha arribat del viatge, extenuada. A l'aeroport no l'esperava ningú, perquè ha ocultat intencionadament el dia i l'hora de la tornada, per estalviar-se, precisament, sorpreses que ara no desitja. Ha anat directament cap a casa, ha abaixat les persianes i ha posat una música suau. Ha deixat les bosses escampades al rebedor sense esma de desfer-les i endreçar una mica el desgavell de roba.

El descans, però, és impossible. Estirada al sofà, la persegueixen ganivets i destrals que degoten sang cada cop que intenta tancar els ulls. I entremig d'aquells instruments de terror que empunyen els senyors de les tenebres, apareix la imatge de la Núria, que estén el braç cap a ella amb una mirada implorant. No aconsegueix agafar-la, malgrat que ho intenta, i se li esvaeix per un túnel fosc i sense fi.

Hi ha un moment que es queda endormiscada però el malson no cessa. Quan entra en aquell túnel, sent la remor feliç d'una de les nenes que jugaven a casa la tieta del Joseph. El rostre de la petita brilla amb un riure obert i innocent que s'estronca de sobte amb el silenci brusc de les tragèdies inesperades. Seguint pel túnel, va eludint les moltes mans que intenten agafar-la, d'un costat i de l'altre, mentre escolta veus que la criden sense saber d'on vénen i se li apareixen imatges de mesquites que es fonen amb d'altres de vels de dones que l'observen rialleres amb mirades torbadores. I un cruixit s'imposa cada cop amb més força fins a convertir-se en un soroll atordidor, com el de branques seques trepitjades amb energia.

Dóna voltes i voltes. Ja fa hores que no dorm, i està desfeta. En el record, se li apareixen successivament els rostres de la Naida, la mare del Joseph, amb el seu somriure afable i bondadós i aquella voluntat sincera d'agradar i ser amable amb les estrangeres; la dona del Joseph, tan discreta, que parlava poc però que deia veritats com punys; o els fills desencantats, carn de canó potencial, hipotètics reclutes o aspirants a formar part de l'univers de les tenebres, si el camí no es redreça i la via de la pau s'esfondra definitivament. La Laura recorda, també, tota la gent que envoltava el Joseph i la seva família. Eren gent senzilla, generosa i oberta —alguns ja no hi són— que havien après a viure amb l'amenaça permanent que els estronquessin la vida.

Què poden esperar del futur, per exemple, pensa la Laura, el fills del Said, un home intel·ligent i treballador que veu, com tants altres pares, que els seus petits corren el risc de convertir-se en guspires primer, i després en torxes, del descontentament social, en un país on l'absència de feina, la repressió i la falta de llibertats es tradueix en una enorme frustració dels joves davant un futur incert?

Tot aquest munt de reflexions no serveix, però, a la Laura de gaire excusa, perquè el rostre de la Núria se li continua apareixent, nítid, malgrat la seva resistència a evocar-la per evitar el dolor. És el Dolor amb majúscules, perquè la Laura sap ja del cert que la Núria és morta, i que no tornarà mai més a casa.

Ningú no li ho ha confirmat encara oficialment, però tampoc no cal que ho facin. Les expressions de les persones amb qui ha anat parlant ho diuen tot sense paraules. A què treu cap tenir tanta por de dir les coses pel seu nom? La Mort és prou rotunda perquè no calgui recórrer a subterfugis per parlar-ne. La Laura per un instant té la mateixa sensació que quan comentava amb la gent la malaltia del Bru i la seva reclusió al manicomi. Recorda que molts donaven voltes i voltes per trobar un sinònim que els resultés menys incòmode: residència psiquiàtrica, hospital per a malalties mentals. Al Bru sempre li havia fet molta ràbia aquell circumloqui, i per això la Laura i la Núria, gairebé des del primer moment, deien les coses pel seu nom davant el Bru.

El Bru. L'altre extrem del fil que demostra la brevetat de la vida. Qui els ho havia de dir, a ell i a la Núria, que els quedava tan poc temps per gaudir dels sentiments quan aquella nit van descobrir, l'un en braços de l'altre, que n'era de plaent, la passió, quan deixaven que fluís i permetien que l'univers de les sensacions ho inundés tot i trenqués la solitud buscada i voluntària en què vivien.

A tots dos els han tallat el fil de la vida d'una forma brusca. Les circumstàncies i els escenaris són diferents, però el resultat és el mateix: ells ja no hi són, allí, per compartir les confidències, les rialles i les penúries amb la Laura. L'enyor fa mal. Sempre.

Amb la Núria i el Bru morts, i el Julio desarrelat de la seva vida, el panorama que té la Laura al davant no és gens encoratjador. I no obstant això, se n'ha de sortir, ho sap, no es pot enfonsar. Ells, i sobretot la Núria, la renyarien. «Com atures màquines, no et torno a dirigir la paraula.» Ja s'imagina la Núria parlant-li amb severitat de mare. Costa, però, seguir sense ells.

El sol ja està molt alt, però ella no apuja les persianes. Sent, a fora, el tràfec de gent, i tot i que a casa la temperatura és càlida des de fa estona, s'estremeix de fred.

3 1

La Verònica va acaronar el Pol, que estava arraulit en un extrem del llit amb el cap baix i les espatlles arronsades. L'habitació del Pol era austera, només un gran quadre impressionista presidia el capçal del llit, i a la paret lateral, uns prestatges amb unes quantes novel·les d'intriga perfectament ordenades i un grapat de llibres sobre tècniques empresarials. La mare, però, es va cansar de les moixaines en veure que el seu fill no reaccionava ni a les carícies ni a la seva veu.

Amb el cap encara inclinat, com si tingués por —probablement en tenia— d'enfrontar-se als ulls escrutadors de la seva mare, el Pol es va aixecar i va anar cap al secreter. D'allí va treure una capseta amb delicats caràcters xinesos, i va agafar una de les pastilles que hi havia a dins. La Verònica, enfurismada, li va colpejar la mà, i capseta i pastilles van saltar pels aires i es van estimbar contra el quadre impressionista abans de rebotar i caure a terra.

—Deixa estar aquesta merda! Sempre fas igual, en això sí que t'assembles al teu pare. El que vull precisament —el va agafar pels cabells perquè la mirés— és evitar que siguis un fracassat com ell!

El Pol estava a punt de sanglotar.

—Només volia prendre un calmant...

—Doncs si vols calmar-te fes-ho com un home i afronta les teves responsabilitats! Estàs a punt de dirigir una empresa i sembles un nen de tres anys a qui han enxampat fent una malifeta! Deixa de prendre aquesta porqueria! No la necessites per a res!

La Verònica li va enxampar d'una revolada la pastilla que li havia quedat entre els dits, la va contemplar amb gest despectiu i la va llençar per la finestra. Va ser el revulsiu que el Pol necessitava, perquè va estrènyer els punys i potser per primera vegada va escridassar la seva mare.

—Què en saps tu, del que jo necessito, eh? T'has aturat mai a pensar-ho de debò? Potser senzillament necessito una mare, guaita que fàcil... Però, és clar, estàs massa ocupada amb els tes de cada tarda, les teves reunions socials, les teves petites conspiracions... Ha arribat tot a un punt que crec que no tinc mare, tot i que visc amb ella sota el mateix sostre, que paradoxal! I ara està amoïnada perquè, en lloc d'engrescar-me amb el projecte, em deprimeixo. Doncs mira, envia'm on era el Bru! Després de tot, segur que estaré millor que a casa. I no ho dic pel Martí, que és un bon home.

—Precisament, és pel Martí que ho has de fer! Et recordo que formem una família, i que ell ho està passant d'allò més malament amb tot això. Ja ha perdut un fill per sempre, i està a punt de perdre'n un altre per una bona temporada. Si només li quedes tu, has de respondre com ell espera, no et pots amagar, Pol.

La camaleònica Verònica tornava a adoptar una actitud suplicant. El Pol, passat el primer moment d'embraviment, novament s'enfonsava en ell mateix, dubtava, s'angoixava.

—Jo només vull ser feliç, mare, i això no ho aconseguiré fent allò que no m'agrada.

—Tots hem de fer coses que no ens agraden. Així és la vida.

—Ja ho sé, però..., saps? La Núria tenia raó quan deia que només nosaltres mateixos som els únics responsables de poder-nos sentir orgullosos del que fem. I crec que sí, que haig de fer cas del que sento, i... no n'estic orgullós.

—La Núria? Qui és la Núria?

—L'amiga de la Laura.

—I és clar, la Laura...

El gest desdenyós de la Verònica mostrava obertament l'opinió que li mereixien la Laura i les seves amistats. No va aguantar mai la nòvia del Julio, la jove imposada. La química no havia funcionat gens ni mica entre elles dues i, des del primer moment, el rebuig va ser mutu.

Quan van trucar a la porta i la Verònica va anar a obrir, el Pol va aprofitar per recollir de terra dues de les pastilles, que es va empassar d'amagat a corre-cuita.

Amb un peu al llindar de la porta, hi havia la Laura i la Núria, amb el posat greu.

—Hola, Verònica, podem passar?

Si d'ella hagués depès probablement no ho haurien fet, però les dues amigues no van esperar el permís i van irrompre al rebedor sense més dilació. Ho van fer amb l'aire desimbolt de qui sembla moure's per casa pròpia, o del qui se sent el convidat esperat tot i que no per això ben rebut. Havien decidit fer aquell pas sense pensar-s'ho gens, i evidentment, sense consultar-ho amb ningú, sobretot perquè estaven convençudes que els haurien dit que qui es creien que eren per jugar a detectius a casa de ningú. A més, van anar a veure la Verònica sabent que no en traurien res, però necessitaven veure-la, parlar-hi, resoldre interrogants. I el Pol, amb les darreres informacions que els havia donat, les havia conduït cap a la seva mare, sense ell adonar-se'n.

—Hem de parlar amb tu. Del Bru.

Va semblar que un sotrac elèctric recorria el cos de la Verònica quan va sentir aquell nom per boca d'elles dues, però la sensació va durar una mil·lèsima de segon; immediatament després, la seva expressió tornava a ser un mur infranquejable.

—Ha estat una desgràcia terrible per a tots —la Verònica va enfonsar el nas en el mocador de seda color salmó que ja duia a la mà quan els va obrir la porta—. El Martí està desfet —va acompanyar l'última frase d'un dels seus gestos teatrals, per donar més rotunditat a la desesperació del Martí que, de fet, elles dues ja havien copsat i comprovat en persona.

—Sí, ho sabem —va dir la Laura—. De fet, ara venim de casa la Maria. D'això... Verònica, estem una mica afectades, saps? Ens l'estimàvem molt, el Bru, i no acabem d'entendre molt bé què ha passat...

—I qui ho entén? És horrorós...

—Sabem que vas parlar amb el Bru aquella nit, i que us vau veure... D'això..., et volíem preguntar com el vas trobar. Et sembla que estava prou aixafat com per fer una bogeria?

—La Núria va haver de fer un esforç suprem per contenir-se i parlar amb moderació, formulant la pregunta mentre s'exigia a ella mateixa aguant i a la seva llengua viperina silenci, perquè encara no havia arribat el moment, es deia, de muntar cap espectacle i dir el que obertament pensava d'aquella dona.

La Verònica es va prendre uns segons fins a contestar, els necessaris per anar fins a la consola del menjador per agafar i encendre una cigarreta.

—El Bru estava molt nerviós des de feia dies. El Pol, eren molt amics, m'ho havia comentat. («Va ser tan fàcil entrar en una ment pertorbada com la del Bru! Una ment que es va deixar modelar a conveniència, convèncer i acatar tot allò que li xiuxiuejaven a l'oïda.») I el dia del sopar, el meu fill em va explicar que l'havia vist pitjor que mai, per això el vaig trucar. Ja sabeu que sóc psicòloga, tot i que no exerceixo, i vaig pensar que el podia ajudar. («Va ser tan senzill, materialitzar només amb uns quants comentaris encertats el món de monstres i fantasmes que tenia el Bru terroritzat.») —Va moure el cap, pensarosa—. Vaig quedar amb ell per veure'ns una estona, pensava que potser parlant l'animaria («Que fàcil va ser dir-li allò que volia escoltar: deixa't vèncer, no lluitis més, potser serà la manera que trobis el descans etern. Si em fas cas, ja no t'amoïnaran més.»). Sí, el vaig acompanyar a l'hospital, vam estar molta estona xerrant allà al jardí («I és clar que el llit de nenúfars és un bon lloc per descansar, fill! Perquè ets el meu fill, oi, Bru? Almenys, t'estimo com si fos la teva mare de veritat. Per què dubtes tant? No et vols alliberar d'aquest univers tenebrós que t'envolta?»), però estava massa deprimit per atendre a raons, em vaig veure incapaç de fer-hi res i em vaig acomiadar d'ell passada la mitjanit. És terrible... Si m'hi hagués quedat uns minuts més, potser ara... no ho sé... No sé si el desenllaç hauria estat un altre...

La Verònica va apagar la cigarreta i va callar, contemplant per la finestra alta i lluminosa, amb expressió compungida i els braços encreuats, el tràfec de gent i cotxes del carrer.

De fet, sí que s'hi va quedar, pensava, uns minuts més al costat del Bru. Els suficients per donar-li l'empenta decisiva i obrir-li la porta, del tot, al seu somiat paradís dels nenúfars. Ell era a pocs centímetres de la vora de l'aigua, però no gosava prendre la decisió. I ella, la veu del seu subconscient, la falsa amiga i consellera que havia anat engruixint i consolidant per a ell tot aquell univers de tenebres, es va adonar que si no prenia la iniciativa, el Bru no donaria el pas. Tan motivat com estava, i tant com dubtava! Què ho devia fer? Hi havia elements nous en la seva vida que ella desconeixia, i que ara el feien estar tan indecís a l'hora d'anar a l'encontre d'aquell repòs del qual ella tant li havia parlat?

El va empènyer, suaument, una sola vegada. N'hi va haver prou, perquè ja estava marejat abans de la caiguda, fruit de les dues pastilles que la Verònica li havia facilitat i que li estaven provocant una profunda somnolència i un fort vertigen. El Bru va perdre l'equilibri, i el pànic al llac barrejat amb aquella atracció pels nenúfars el van precipitar de ple a l'aigua. Una trena de branques i lianes li va entortolligar els peus i el va atreure fins al fons escàs. El desmai va fer la resta. Perfecte. Adéu als fantasmes. Les tenebres s'havien obert per engolir-lo.

Les llàgrimes de la Verònica no van commoure gens la Laura ni la Núria. No anaven a consolar-la, sinó a veure de quina manera la podien acusar d'un assassinat. No es podien basar en cap prova concloent, ni tenien cap idea del que havia passat del cert, però malfiades de mena, i més amb la Verònica, estaven lluny de creure en la bondat de la dona del Martí.

La Laura estava convençuda que, d'una manera o d'una altra, la Verònica havia provocat la mort del Bru. La veia com una dona ambiciosa al límit, que intentava desempallegar-se dels obstacles en el camí del fill, el Pol, cap a la direcció de l'empresa. De fet, volia convertir-lo en l'hereu de la família. I netejar el camí d'obstacles volia dir desfer-se dels dos fills del seu marit, en Martí Nebot. Amb un ja en tenia molt de guanyat, després que quedés impossibilitat per conduir l'empresa per deutes amb la justícia. Si a l'altre se l'enduia un rampell de bogeria, el pla maquiavèl·lic s'arrodonia a la perfecció. L'única trava era que al Julio no se l'hagués endut cap rampell, però de ben segur que es passaria uns quants anys a la garjola, i mentrestant, el Pol, a l'empresa, demostraria que ell també sabia fer negocis i guanyar diners, i amb el temps l'estima del Martí es transformaria en quelcom més que la mesada habitual. El seu marit era un home agraït, i generós envers els qui el servien bé.

Tot allò va passar per la ment de la Laura en poques dècimes de segon, mentre contemplava impassible les llàgrimes seques d'aquella dona retorçada, esquerpa en sentiments i excessiva en aparences. Van continuar parlant sense resultat de la mala època que passava el Bru, però van marxar d'allí sense haver obtingut una confessió clara per part de la que consideraven, malgrat l'absència de proves, culpable de la seva mort. A la Laura li va costar arrossegar la Núria fora d'aquella casa. L'amiga estava furiosa, però no hi podien fer res. Ni eren policies, ni detectius, ni jutges, per enviar ningú a la garjola, tot i tenir l'íntim convenciment de conèixer el nom de la persona que havia comès el delicte.

Aquella vegada, però, el nus de l'engany es va desfer de la manera més inesperada per un cúmul de circumstàncies casuals. Els segons que van precedir la mort del Bru van tenir una importància cabdal per aclarir tot el que havia passat. Quan va caure a l'aigua, va fer un últim gest d'agafar-se a la vida. L'instrument per aconseguir-ho era la mà de la Verònica, però aquesta, en intentar desprendre-se'n, va perdre una joia valuosa. El seu fillastre va tirar bruscament del canell on duia una cadena d'or i brillants que va quedar entre els dits engarrotats del Bru, abans de perdre's entre el fang del terra del llac. No van descobrir la cadena fins que van escorcollar aquell fons. Era molt fineta, i molt cara. El nom de la propietària no va trigar a aparèixer. El Martí l'havia regalat a la Verònica pel seu últim aniversari.

Si, com deia la Núria, tots tenim el que ens mereixem, la Verònica va recollir el que havia sembrat. El Julio no es va deslliurar dels tribunals, però ella va anar de dret a la presó. El Martí, estabornit per la tragèdia, va patir un atac de cor que el va dur d'urgències a l'hospital la mateixa nit que la policia va anar a buscar la seva dona.

La misèria d'esperit, i l'ambició, tenien moltes formes versàtils d'amagar-se i infiltrar-se entre la gent. El Martí estava destrossat. La Laura lluitava contra el sentiment de llàstima que li provocava el Martí, i encara més l'exdona, la Maria, destronada del cor del seu home per una harpia que li acabava d'arrabassar un fill. L'engany que ells havien teixit en benefici del Julio i contra el Bru també era menyspreable. No volia sentir llàstima d'ells.

Quant de temps devia haver estat la Verònica planejant l'estratègia, mentre aparentava una dedicació absoluta a la família? Quants dies, pensava la Laura amb horror, devia haver escoltat el Bru la veu sibil·lina d'aquella dona ficant-li la por al cos i insistint-li perquè prengués l'única via possible per alliberar-se de tots els malsons. Potser era aquella la raó de l'angoixa extrema dels últimes dies del Bru, i de l'ànsia perquè el traguessin del manicomi. Allà, a l'hotel dels miracles, estava lligat de peus i mans per escapar-se de les influències negatives que li injectaven de fora.

La Laura va oferir casa seva a la Maria perquè no es quedés sola aquella nit que el Martí va ingressar a l'hospital. La va consolar, no perdonar, però era el mínim que podia fer per una mare a qui acabaven de matar un fill mentre l'altre estava pendent d'una condemna de presó.

També la Laura i la Núria necessitaven aquella teràpia. Es tenien mútuament, sí, però cadascuna estava, sense dir-ho, prou embrancada a llepar-se les pròpies ferides per sentir-se amb ànims de consolar l'altra. La Laura sortia d'una història d'amor fallida, d'un desengany dolorós, i la Núria havia de superar la pèrdua sobtada i violenta d'un amor inesperat i valent però tardívol. Continuaven juntes, com sempre, però afrontaven els senders recargolats de la vida des d'ànims i perspectives diferents. I el projecte d'un món més just amb cabuda per a tots els somnis es diluïa davant d'elles en una imatge cada cop més borrosa, més confusa, més irreal.

32

El viatge a Algèria, mentre va bé, serveix a les dues amigues de revulsiu per desempallegar-se definitivament de tota la foscor que deixen enrere. Però quan les coses es torcen, quan s'endinsen a l'interior, quan els senyors de les tenebres fan la seva aparició triomfant i les ataquen, quan la Núria s'esvaeix per sempre més, una teranyina espessa cau damunt el record del viatge, i el dilueix i arracona en un indret remot del cervell fins a fer-lo gairebé invisible.

Molt de temps després d'haver tornat, la Laura no gosa encara dur les diapositives a revelar. És incapaç d'enfrontar-se sola al rostre entremaliat de la Núria, a les imatges de totes dues agafades de la mà i contemplant la llunyania d'un desert imponent, a l'expressió sempre ponderada del Joseph quan li feien fotos, al somriure dolç de la mare i la dona del seu guia. I com això, moltes altres coses, activitats típiques del retorn d'un viatge que es veu incapaç de realitzar.

Un dia, rep una trucada. El cop de telèfon la galvanitza, li sacseja el cos i el subconscient, li fa aixecar el cap i moure tot el que no ha mogut fins aleshores. Aquell mateix dia, porta a revelar les fotos. Després, treu els petits bocins d'Algèria en forma de records i de regals que havia amagat, i els va repartint per diversos indrets de la casa perquè estiguin ben a la vista de tothom. Surt a passejar molta, molta estona, i després comença a fer gestions.

La persona que l'ha trucat necessita la seva ajuda, i ella està disposada a donar-la-hi sense reserves, perquè li surt del cor.

El vol ha estat puntual. Quan la Laura arriba a l'aeroport, els passatgers ja han recollit els equipatges i es mouen buscant els mitjans de transport pertinents per desplaçar-se allà on volen. A ell el veu entretallat a través de la porta i les finestres dels successius autobusos que en aquell moment creuen el carrer.

Quan el camí queda net d'obstacles, ell apareix allà al mig de la vorera, la bossa al seu costat a terra, els braços caiguts al llarg del cos, les espatlles una mica arronsades com si dugués tot el pes del món al damunt. Només els ulls tenen vida, i estan clavats en ella explicant-li en silenci moltes coses. Li diuen, per exemple, que té por, un terror visceral al canvi que suposa el pas que acaba de fer, però també que el supera la por a l'Horror que deixa enrere. Li diuen, també, que li sap molt de greu la desgràcia de la Núria i, per últim, que pensa molt en la família que deixa allà, tot i ser conscient que no la pot dur encara amb ell fins que no tingui clar de quina manera es podrà guanyar la vida.

La Laura sap tot això abans que el Joseph hagi obert la boca per dir res. Ha de contenir el seu impuls de creuar el carrer d'un salt i abraçar-lo. S'obliga a caminar a poc a poc, i a estrènyer la seva mà amb un somriure trist que, també, ho diu tot en silenci.

Representa tantes coses el Joseph, en aquell moment. És el nexe d'unió entre els éssers estimats i el buit real i dolorós que pateix ara. És el món ferit, colpejat, castigat per una concatenació de circumstàncies cruels i absurdes. És l'exponent, o la veu, de totes les víctimes de la brutalitat de l'home i de la violència sense sentit. És el crit dels qui no tenen res més que la paraula o les mans per contraposar la raó a la barbàrie, l'amor a l'odi, la convivència a l'exclusió.

És, per damunt de tot, a partir d'ara, un amic. Ell manté encara l'actitud de respecte i distància del qui està acostumat a servir els altres, però el pas que acaba de fer, petit en quilòmetres però gran en dimensió, no té volta enrere i ha de comptar amb l'amistat com a valor segur si vol tenir èxit.

—Laura, gràcies per venir a trobar-me. La veritat és que no sabia a qui recórrer.

La mira fixament als ulls, decidit i desvalgut alhora. Ella ha de rumiar una mica per refrescar el seu francès, arraconat al mateix indret del cervell que la resta de records sobre Algèria.

—No t'amoïnis; per això som els amics. Ja t'he buscat allotjament; és barat, net i relativament cèntric, i sobretot, de confiança. Els papers te'ls donaré demà perquè els omplis, suposo que ara voldràs descansar. Ah! I ja t'he concertat dues entrevistes, però no et vull enganyar, Joseph, això de la feina serà difícil.

L'expressió del Joseph sembla relaxar-se una mica davant l'allau de bones notícies i d'aquella demostració d'eficiència i bona disponibilitat. No és un home tendre, i està lluny que se li humitegin els ulls, però somriu, i en fer-ho, se li il·luminen les faccions i la pell fosca adquireix una lluentor que abans no tenia.

—Gràcies. Potser m'ajudaràs a trencar el malefici del *janna gair mandur*, el paradís invisible, el món perfecte que no existeix. Començo a pensar que sí que existeix i que és en els llocs més inesperats.

—El paradís invisible? Sona trist, a desesperança...

—El destí és trist, sovint. Hi estem acostumats, nosaltres. També volem lluitar per canviar les coses, és clar, però és molt difícil. I tanta lluita cansa. Jo estic ja molt, molt cansat...

La Laura no respon, però pensa en totes les dificultats que el Joseph trobarà allà on ha anat a buscar refugi. Ell també s'ho deu imaginar, de ben segur. És un nouvingut que haurà de lluitar, amb armes diferents, per crear-se un espai propi i defensar-lo en una societat que es mira el melic i observa de cua d'ull els qui vénen de fora, disfressant-ho d'una col·laboració poc sincera per ajudar a integrar-los.

—He portat un record —el Joseph sembla una mica nerviós quan ho diu—: no sé si és el millor moment.

Sembla tan impacient per ensenyar-ho, que la Laura no pot fer res més que assentir en silenci. Ell treu de la bossa un llibre. És un exemplar de l'Alcorà, en castellà.

—La pàgina trenta-dos està molt bé.

La Laura obre el llibre per la pàgina assenyalada, i s'emociona. Entre pàgina i pàgina, una flor esclafada, una flor del desert, color de cendra, preciosa. És una flor que havia encisat la Núria, cada cop que se'n trobava una, allà al desert. Tant li agradaven aquelles flors que va demanar al Joseph que li'n tallés un parell, ell que sabia com fer-ho, per endur-se-les després de record cap a casa.

L'enyor creix, li nega la gola, i la flor de cendra tremola entre les mans de l'amiga recordant l'amiga absent.

—Anem, Joseph?

Plovisqueja, i el cel s'enfosqueix a passos gegantins. La Laura s'arrauleix de fred i d'esgarrifances. La recerca del paradís serà una tasca feixuga, a partir d'ara. Qui sap, però. Potser demà el sol anirà burxant aquest espès munt de núvols fins a trencar-ne la cuirassa i diluir-los en un tel, i aconseguir que algun raig llisqui suau damunt la flor del desert que ella posarà ben a prop de la finestra. Qui sap si revifarà. A la Laura li agrada creure que els moments màgics existeixen. Recreen espais únics, i l'ajuden a confiar que pot retrobar els paradisos perduts.

Terra de castells
JOAN DE DÉU PRATS

A primer cop d'ull, aquest és un llibre de viatges. Però l'autor ha utilitzat aquest gènere com a pretext per mostrar-nos fets històrics i anècdotes, i per extreure del quotidià allò que és singular, divertit –o trist!– i inusual d'una part del nostre país marcat pels fenòmens del turisme i la immigració, però que alhora guarda una profunda petjada medieval.

El carrer dels Petons
MARCEL FITÉ

El 1827, un noi del Pirineu emigra a Barcelona i hi descobreix l'amor, però també una ciutat convulsa pel terror que provoquen els crims del comte d'Espanya. De retorn al Pirineu, en plena guerra carlina, coneixerà de primera mà l'enigmàtica mort del comte. L'autor recrea minuciosament la Barcelona de l'època i retroba el carrer del Petons on, segons la tradició romàntica, els condemnats s'acomiadaven dels seus familiars.

L'ànima del freixe
M. ROSA FONT I MASSOT

Aquesta novel·la, caracteritzada pel seu lirisme, narra la història de dues generacions que van viure a l'Alt Empordà al llarg del segle XIX, enmig d'un paisatge amarat de màgia i de llum, i també uns esdeveniments històrics que trenquen l'harmonia d'aquell món rural: la guerra del Rif, el 1909, a la qual és enviat el protagonista, poc abans que esclatin els fets de la Setmana Tràgica.

El bosc de les trenes tallades
MAGDA PIKI

Traducció del grec de Pere Casadesús i Laura Lucas

El 1914, en desmembrar-se l'Imperi otomà, sorgiren conflictes entre les diverses minories ètniques i religioses que el poblaven. A Anatòlia rebrotà el fanatisme, que incità la persecució del poble armeni i el seu genocidi. L'autora presenta uns protagonistes que lluiten per sobreviure a les adversitats. El títol de la novel·la al·ludeix a les trenes de les dones armènies, que eren tallades i esdevenien objecte de comerç per a la perruqueria.

Coses de família
Joan Agut

Aquesta novel·la autobiogràfica narra amb ironia i desimboltura el tarannà de la família de l'autor i la influència que aquesta, i l'època que li tocà viure, van tenir sobre ell mateix. També és un quadre d'una certa societat barcelonina del segon quart del segle XX, i especialment de la vida als barris de Sants i Hostafrancs abans, durant i immediatament després de la guerra civil espanyola.

Buda, el lotus blau
Albert Parareda

Fa uns 2500 anys, Buda afirmava que la violència mai no s'acaba amb més violència, sinó amb l'absència de violència. El que ensenyava Buda té un gran interès per a nosaltres els occidentals. Com podem ser feliços si sempre anem de bòlit? Aquest llibre invita el lector a aturar-se, a seure tranquil·lament davant del riu de la vida, respirar suaument i reflexionar sobre la seva manera de viure.

Un seient a la llotja
Marcel Fité

Hi ha morts tan importants que no surten ni a les esqueles, i vaticinis que estan irremissiblement condemnats a complir-se. El protagonista d'aquesta novel·la, amb un carnet del Barça robat a la butxaca, abans del partit se'n va a dinar amb una vella amiga, i acaba endinsant-se en una aventura audaç i trepidant que acaba apropant-lo a la màgia gitana de la nit hostafranquina i a passar pels locals d'ambient de la Barcelona postolímpica.